내 핑계는 천문학이야

일상의 모든 이유가 우주로 통하는 천문대장의 별별 기록

내 핑계는
천문학이야

조승현 지음

애플북스

"우리가 본 별들처럼,
우주의 한편에서,
우리의 삶도 계속 반짝이기를."

추천사

사람들에게 별 이야기를 들려주는 조승현 대장이 미처 다하지 못한 별과 우주이야기를 이 책에 펼쳐 놓았습니다. 이 책의 가장 큰 미덕은 '우리가 본 별들'의 아스라하고 경이로운 이야기를 '우리의 삶' 속의 다정한 이야기와 버무려 놓았다는 것일 겁니다. 별과 우주 이야기를 듣다 보면 어느새 인생의 정겨운 이야기로 넘어갑니다. 이 책은 말하자면 별과 우리를 이어주는 다리 같은 책이라 할 수 있습니다.

_이명현 님 | 과학콘텐츠그룹 갈다 대표

조승현 대장이 어린이천문대와 인연을 맺은 지 십 년이 넘었습니다. 그의 열정은 어린이천문대 내에서도 타의 추종을 불허합니다. 아이들에게 천문학을 가르치기 위해 스스로 연기자가 되기도 하고, 열렬한 무대 연출자가 되기도 하고, 코로나로 대면 수업이 불가능했을 땐 촬영용 무대를 직접 설치하고 기꺼이 조명 기사가되기도 했답니다.

저는 이 젊은 대장을 사랑합니다. 이 어리지만 열정 많은 대장을 존경합니다. 이번 책은 소소한 일상을 천문학과 잘 어울리게 그려내어 몇 시간 만에 '순삭'하는 재미가 있습니다. 책을 무대 삼아 능숙한 연기자처럼 풀어내는 이야기를 듣다 보면 천문학을 멀게만 느끼는 사람들의 마음까지 우주로 향할 것 같습니다. 별과 우주가 우리의 삶과 동떨어진 세상이 아니란 걸, 우리는 그 우주와 함께 걸어 나가는 동반자라는 걸 깨닫게 될 겁니다.

_김승현 님 | 어린이천문대 총대장

살다 보면 이런저런 핑계를 대야 할 때가 많습니다. 가장 많은 핑계는 나 자신에게 대는 핑계일 겁니다. 오늘은 열심히 일했으니 이 정도는 놀아도 되겠지. 이 정도는 쓸 수 있지. 오늘은 운동을 꽤 했으니 좀 먹어도 괜찮을 거야. 하지만 우주 쓰레기로 뱃살을 핑계 대고 허블 딥 필드로 가성비 떨어지는 여행비를 핑계 댈 생각은 한 번도 해보지 못했습니다. 나는 꽤 오랜 시간 동안 천문학과 함께 생활해 왔지만, 천문학이 일상생활과 이렇게 생각지도 못한 방법으로 밀접한 연관이 있을줄은 몰랐습니다.

'천문학으로 핑계 대기'를 핑계 삼아 전하는 흥미진진한 천문학 이야기. 천문학이 직업이자 취미인 천문학 덕후의 일상을 들여다보며 최신 천문학 지식까지 얻을 수 있는 정말 재미있는 책입니다.

_이강환 님 | 천문학자, 전 서대문자연사박물관장

화려하고 번잡한 도시 문명은 사람들에게서 별을 빼앗은 지 오래입니다. 그래서 대다수의 현대인은 별 볼 일 없는 삶을 살고 있습니다. 한때는 낭만적 상상과 신화적 영감의 원천이었던 별은 이제 따분하고 지루한 과학적 이야기로 둘러싸여 사람들에게서 점점 멀어지고 있습니다. 조승현 작가는 이 책을 통해 잃어버린 별을 사람들에게 되돌려 주고 있습니다. 옛사람들의 별자리와 신화 이야기를 통해서가 아닙니다. 일상적 이야기를 풀어내면서 현대 과학이라는 두꺼운 베일을 벗기고 그 안에서 밝게 빛나는 별빛을 마주하게 합니다. 오랫동안 별을 잊고 있던 분들, 그리고 언젠가는 별을 보고 싶다고 바라던 분들 모두에게 추천합니다.

_윤성철 님 | 서울대학교 자연과학대학 물리천문학부 교수

빛나는 장식이 가득한 크리스마스트리를 본 적 있나요? 그런 아름다운 트리를 마주한 어린아이 같은 눈으로 밤하늘을 바라보며 우주 이야기를 들려주는 새로운 감각의 저자가 나타났습니다. 은하의 충돌, 블랙홀의 그림자, 개기일식, 재사용 발사체 같은 가볍지 않은 천체 현상과 우주과학의 소재들을 룸메이트, 택시비, 텅 빈 통장, 주차 같은 일상의 언어로 엮어내는 솜씨는 매우 흥미롭습니다. 과학과 문학의 특별한 만남으로 우주를 닮은 우리의 삶이 유머러스하고 섬세하게 그려집니다.

천문학을 처음 접한다면 전문 분야에 대한 두려움을 잊게 해주며, 이미 우주에 충분히 매료된 이들에겐 인생에 대한 새로운 시각을 얻는 기회가 될지 모릅니다. 삶의 모든 순간을 크리스마스트리 꼭대기의 별처럼 반짝이는 이야기로 바꾸고 싶다면 이 책 읽기를 권합니다.

_궤도 님 | 과학 커뮤니케이터, 《과학이 필요한 시간》 저자

"선생님, 별이 땅으로 떨어지면 어떻게 돼요?"

천문대를 찾아온 아이들의 질문은 항상 허를 찌른다. 그날도
그랬다.

"별은 땅으로 떨어질 수 없어. 우리가 별에 먹힌다면 모를까.
별은 지구보다 수백 배 크거든."

내가 대답하자 아이는 고개를 갸웃하며 다시 물었다.

"그럼 별똥별은 별이 떨어지는 게 아니에요?"

그 순간 망원경 앞에서 나도 모르게 웃음이 나왔다. 천문학은
우리가 우주를 이해하려는 노력의 상징이지만, 아이들의 질문
앞에서는 늘 부족하다는 걸 느낀다.

"사실 별똥별은 별이 아니야. 먼지나 작은 돌멩이가 지구로 떨
어지며 빛을 내는 거야."

그렇게 대답했더니, 옆에 있던 또 다른 아이가 질문을 던진다.

"그럼 별똥별은 소원을 들어줄 수 없어요?"

아이들의 질문은 내 우주관을 흔들어 놓는다. 천문학을 가르치는 강사로서 과학적 사실을 전달하려 애쓰지만, 아이들이 내게 우주를 보는 또 다른 시선을 가르쳐준다. 내게 별똥별은 단순한 물리적 현상이었지만, 누군가에게는 꿈과 낭만 그 자체다.

우리는 각자의 우주를 품고 살아간다. 나는 아이들에게 귀하디 귀한 안드로메다은하를 보여주고 싶어 하고, 아이들은 늘 달을 더 오래 보고 싶어 한다. 내가 중요하게 여기는 것이 반드시 다른 이들에게도 같은 의미를 가지는 것은 아니다. 각자의 우주는 그렇게 다르다.

이 책은 우주를 사랑하는 한 사람이 별을 보며 발견한 삶의 조각들을 엮은 이야기다. 천문학이라는 렌즈로 일상을 들여다보니 어제는 평범해 보이던 일들이 오늘은 새롭게 다가온다. 별과 우주, 그리고 그 너머에서 시작된 이야기가 당신에게도 익숙한 것들을 낯설게 바라보는 계기가 되기를 바란다.

우리 모두 별 하나를 품고 살아간다. 어쩌면 그 별이 바로 우리 자신의 이야기일지도 모른다.

차례

1장 | 천문학으로 허세 부리기

2장 | 천문학으로 핑계 대기

3장 | 천문학으로 위로하기

4장 | 천문대장의 요일들

내가 처음으로 골라 입은 취미는 별 보기다. 뜨거운 쇠 공 같은 사춘기를 겪으면서도 가끔 밤하늘을 올려다 봤다. 친구들에게 별을 본다고 말하면 "오, 별을 좋아 해?" 하고 놀라며 나를 신비스럽게 바라봤다. 나는 그 눈빛이 싫지 않았다. 그럴 때마다 나는 집 앞에 널린 돌멩이를 들고 무척 특별한 돌인 양 자랑하듯, 밤하늘 에 널려 있는 별을 몇 개 짚으며 특별한 사람인 양 으 쓱댔다. 어쩌면 내가 고1 때 산 것은 망원경이 아니라 '별을 보는 낭만 청년'의 이미지였나 싶기도 하다.

나는 반짝이는 별의 아름다움도 좋아하고, 어두운 곳 에서 황홀하게 펼쳐진 밤하늘도 사랑하지만, 그런 별 을 바라보고 있는 내 모습도 못지않게 사랑한다. 그것 이 내가 천문학을 사랑하는 방식이다.

1장

천문학으로
허세 부리기

01

취미는 원래 불순한 겁니다

헬스를 한다고 말하면 사람들에게 "오! 멋진데?"라는 말을 들을 가능성이 높다. '근데 몸은 하나도 안 멋지네'라고 생각할 가능성은 더 높아서 나는 늘 위축된다. 역시 취미를 공개하는 것은 쉬운 일이 아니다. 그래도 자신 있게 말한다. 저, 헬스 합니다.

헬스를 시작하면서 좋았던 점은 딱히 큰 준비가 필요하지 않다는 것이다. 한 달에 5만 원쯤 하는 회원권을 끊고 밑창이 깨끗한 신발만 챙기면 헬스장은 내게 호텔 같은 서비스(3성급 정도)를 제공했다. 차곡차곡 개어 있는 운동복, 무한 리필 온수, 빵빵한 샴푸, 종잇장같이 얇은 수건과 목욕탕 스킨로션까지. 출근 전에 헬스장에 가니 집에서 샤워할 일이 없어질 정도였다.

내 핑계는 천문학이야

게다가 준비물이 덜 필요한 활동이라니, 이 얼마나 귀한가. 자고로 취미라는 것은 지갑을 땔감으로 삼아 열정을 불태우는 행위렷다. 통장 잔고 폭파 전문가인 나로 말할 것 같으면 러닝을 하겠다고 스마트 워치를 구매하고, 글을 쓰겠다고 최신형 아이패드부터 지른 사람이다. 동네 뒷산을 올라도 첨단 고어텍스 옷과 등산화를 휘감는 게 우리 민족 아닌가. 그런 소비의 세계에 스니커즈 한 켤레를 지니고 뛰어들 수 있다는 것은 축복이다. 드디어 지갑을 불 싸지르지 않을 만한 취미를 갖게 된 것이다. 아버지, 보이십니까? 제가 이렇게나 경제관념이 뚜렷한 청년으로 자랐습니다. 그러나 이것은 내가 행해온 102,212번째 판단 착오일 뿐이었다.

허약한 나의 몸은 나이가 들수록 진가를 발휘해서 더 열정적으로 삐그덕거렸다. 보호대를 차야 하는 때가 된 것이다. 무릎, 손목, 팔꿈치 보호대와 턱걸이용 스트랩, 리프팅 벨트 등등 양초처럼 닳아가는 관절을 위해 각종 보호대를 사기 시작했다. 보호대를 쭉 진열해 보니 마치 프로 헬서Healther가 된 것 같았다. 그런데 막상 보호대를 전부 차고 나니 프로 헬서는 무슨, 프로 환자처럼 보였다. 그래도 차야 했다. 안 그러면 진짜 환자가 될 테니까.

보호대는 가격도 비쌌다. 5천 원짜리도 있긴 하지만 우리는 삶에서 체득했지 않은가. 세상에 싸고 좋은 건 없다. 2만 원 아끼려다 20만 원을 병원비로 낼 것을 직감한 나는 보호대만큼은 최고급으로 샀다. 덕분에 지갑은 보호되지 못했다.

코로나19도 나를 소비의 구렁텅이로 떠밀었다. 코로나의 확산으로 헬스장에 가지 못하게 되자 기어이 집에 운동 기구를 사들인 것이다. 나는 아주 간단한 운동 기구만을 사기로 했다. 문제는 운동 기구의 가격이 만만치 않다는 거다. 무슨 놈의 아령이, 헬스용 의자가, 철 막대기 몇 개를 이어 붙인 턱걸이가 수십만 원씩 한단 말인가. 하지만 몸짱이 되겠다는 열망 하나로 통장을 불살랐고, 헬스장을 몇 년이나 다닐 수 있는 돈으로 산 운동 기구는 비싸고 품위 있는 빨래 건조대가 되었다. 외치고 싶다.

세상에 돈 안 드는 취미가 정말 있긴 한가요?

2년 전 독서 모임을 할 때였다. 일과 삶의 균형(일명 워라벨)에 관한 이야기가 나오자, A 씨는 취미에 대해 이렇게 말했다.

"제 생각에 취미란 그 취미가 가진 이미지를 얻는 행위 같아요. 골프를 칠 때의 몸짓 자체가 즐거운 사람도 있지만 골프가 주는 인상을 좋아하는 사람도 많은 것처럼요."

나는 A 씨의 말에 적잖이 충격을 받았다. 취미를 그런 눈으로 바라본다는 것도 신기했지만, 정말 맞는 말 같았다. 연약한 몸을 가지고 태어난 나는 무거운 쇳덩이 따위를 드는 일이 즐겁지 않다. 헬스를 하며 끊임없이 다치는 걸 보면 꼭 건강해지는 것도 아닌 것 같다. '오늘은 어떤 운동을 할까?'보다 '오늘도 운동을 해야 하나?'란 물음이 더 많았으니, 나는 헬스라는 운동을 사랑하지 않는지도 모른다.

그래도 헬스를 한다. 직장이라는 거친 세계에 발을 담가두고도, 일주일에 세 번쯤은 몸 관리를 하는 건실한 청년이 되고 싶기 때문이다. 김종국 같은 몸은 감히 원하지도 않는다. 다만 나도 '건강하고 자기 관리에 성실한 사람'으로 보이고 싶다. 헬스의 이미지를 얻기 위해 나는 헬스의 세계에 머물고 있다.

취미는 꼭 옷 같다. 어떤 취미든 그만의 색과 계절감, 인상을 가지고 있다. 우리는 살면서 취미를 하나씩 골라 입고 각자의 패션을 완성한다. 원하는 인상을 골라 입으며 자신을 꾸며간다.

내가 처음으로 골라 입은 취미는 별 보기다. 뜨거운 쇠공 같은 사춘기를 겪으면서도 가끔 밤하늘을 올려다봤다. 친구들에게 별을 본다고 말하면 "오, 별을 좋아해?" 하고 놀라며 나를 신비스럽게 바라봤다. 나는 그 눈빛이 싫지 않았다. 그럴 때마다 나는 집 앞에 널린 돌멩이를 들고 무척 특별한 돌인 양 자랑하듯, 밤하늘에 널려 있는 별을 몇 개 짚으며 특별한 사람인 양 으쓱댔다. 어쩌면 내가 고1 때 산 것은 망원경이 아니라 '별을 보는 낭만 청년'의 이미지였나 싶기도 하다. 나는 순수하게 별만 사랑한다고 자부해 왔지만, 돌이켜보면 꼭 그렇진 않은 것 같다.

그 아이는 별빛을 먹고 무럭무럭 자라 천문대 강사가 되었다. 직업으로서 별을 보게 된 것이다. 하지만 별 보기는 여전히 취미로 남아 종종 쉬는 날에도 별을 본다. 물론 빈도는, 어떤 알 수 없는 뇌세포의 장난으로 갑자기 대청소가 하고 싶어지는 정도밖에 안 되긴 하지만…. 그래도 별을 본다. 월급과 관계없는 별을 보며 자부한다. 그만큼 별을 사랑하게 되었다고. 동시에 스스로에게 되묻는다. '나는 정말 순수하게 천문학을 사랑하는 걸까?'

무언가를 고결하게 사랑한다는 것은 나른한 오후, 따스한 햇살 아래서 당근케이크와 따뜻한 아메리카노를 먹는 것같이 완벽한 느낌일 것이다. 하지만 사랑의 모든 순간이 꼭 지고지순해야만 하는 건 아니다. 아메리카노의 맛보다 아메리카노를 마시는 자신의 모습이 좋은 사람도 있다. 당근케이크의 폭신함보다 이제 디저트 정도는 통장 잔고 고민 없이 주문할 수 있게 된 현재를 즐기는 사람도 있다. 그렇다고 하여 커피에게 애정을 덜 가졌다거나 당근케이크를 모욕적으로 사랑하는 것은 아니다. 불순한 욕망이 살짝 가미된 정도랄까?

내 핑계는 천문학이야

나는 반짝이는 별의 아름다움도 좋아하고, 어두운 곳에서 황홀하게 펼쳐진 밤하늘도 사랑하지만, 그런 별을 바라보고 있는 내 모습도 못지않게 사랑한다. 그것이 내가 천문학을 사랑하는 방식이다.

02

두 세계가 충돌은 했습니다만…

그는 천생 살림꾼이었다. 어차피 씻을 거라며 샤워 전 쓰레기 통을 비우는 사람. 몸에 물을 묻힌 김에 화장실 청소를 하는 사람. 걸어 다니는 김에 청소기를 돌리는 사람. 자다 깨서 처음으로 향하는 곳이 화장실이 아니라 싱크대 앞인 사람. 나의 20대를 함께 보낸 룸메이트, 기보람 씨다. 이름 때문에 여자로 오해를 사지만 남자다.

어느 날 보람이가 청소를 하다 말고 빙긋 웃으며 말했다.

"형, 저는 어디 호스텔에서 일해야 할까 봐요."

"그러게, 너는 그쪽 적성인 것 같아."

"맞아요. 청소하고 빨래한 후에 깨끗한 모습을 보면 스트레스가 풀려요."

"나중에 형이 호스텔 하나 차릴 테니까, 같이 일하자!"

"저야 무조건 땡큐죠!"

나는 어느 일요일 아침에 일어나자마자 청소기를 들었다. 큰 맘 먹고 산 바다 건너온 무선 청소기를 들고 이리저리 누볐다. 한참 후에 돌아보니 바닥에 먼지가 그대로였다. 당시 키우던 고양이가 뿜어 놓은 털도 그대로였다. 저들은 100만 원에 가까운 청소기의 폭풍 흡입에도 어찌 저리 굳건한 걸까. 이런 식으로 호스텔을 운영할 수는 없는 노릇이다. 청소기 하나 제대로 돌릴 줄 모르는 사람에게 그런 사업은 무리다. 호스텔은 보람이가 차려야 한다.

같이 살기로 한 후 처음 내 집에 온 보람이는 기겁했다. 호프 집에서나 봤을 법한 100리터짜리 쓰레기봉투가 키오스크처럼 신발장 앞을 지키고 있었기 때문이다. 나는 쓰레기통을 비울 필요 없이 무한히 넣을 수 있어서 좋았는데, 보람인 쓰레기를 왜 수집하냐며 한껏 확장된 눈 크기로 경악을 표현했다. 심지어 진한 주황색 종량제 봉투였다. 선인장도 말라비틀어져 죽는 우리 집에서 그 봉투만큼은 건재했다. 화사한 거대 비닐을 보며 보람이가 말했다. "세상에 이런 집도 있네요."

그 집에서 5년을 보람이와 살았다. 살면서 알게 되었지만, 우리는 이상하리만치 성향이 달랐다. 그는 청소를 좋아했고, 나는 매일 택배 상자를 풀어헤쳐 놓기 바빴다. 나는 나무젓가락의 빳빳하고 마른 느낌을 좋아했는데 그는 일회용 젓가락을 이상하리만치 싫어했다. 게다가 내 샤워는 3분이면 끝났다. 하지만 그의 샤워는 드라마가 반쯤 지나도 계속됐다. 화장실이 하나인 집은 그 정도로도 충분한 재앙이 된다. 어느 날 일어나 보니 화장실이 너무 급했다. 하필 보람이가 한창 샤워 중이었다. 그 영원 같던 10분을 나는 아직도 잊을 수 없다. 방광이 터져 죽은 전설의 천문학자 티코 브라헤Tycho Brahe의 심정이 화살처럼 꽂혔다. 보람이와 나의 삶이 거대하게 부딪치고 있었다.

우리가 살고 있는 우리은하에서 가장 가깝고 번듯한(?) 외부 은하는 안드로메다은하다. 빛의 속도로 250만 년 정도만 달리면 만날 수 있다. 인간의 동네에서 이 정도면 다른 세상 얘기지만, 우주의 규모에서 이 정도 거리면 주차장에 주차된 옆 차 수준이다. 게다가 우리은하가 평범한 승용차 정도 크기라면 안드로메다은하는 5톤 트럭쯤 되는 훨씬 커다란 은하다. 커다란 은하가 가까이 있는 덕에 인간의 천문학은 조금 더 순조롭게 발달했다. 행운이다.

불운이라면 두 은하가 결국 충돌한다는 것이다. 우리은하에는 태양과 비슷한 별들이 3천억 개쯤 있다. 안드로메다에는 더 많은 약 1조 개의 별들이 있다. 각 은하에 딸린 식구와 상관없이 그 둘은 지체 없이 달려와 총알의 100배에 달하는 속도로 서로를 들이받는다. 그다음은 어떻게 되냐고? 글쎄, 별일 안 일어난다. 특히 지구에게는 더더욱.

두 은하가 충돌하면 약 1조 3천억 개의 별이 뒤엉키지만, 별끼리 직접 부딪칠 확률은 거의 0%에 가깝다. 사진으로 보기에 은하에는 별이 빽빽하게 차 있는 것 같지만 그렇지 않다. 지구만 한 공간에 모래알이 몇 개 있는 정도로 별은 은하에 듬성듬성 박혀 있다.

상상해 보자. 야구장 양 끝에 친구와 마주 보고 선다. 서로를 향해 힘껏 야구공을 던진다. 야구공이 공중에서 서로 부딪칠 확률은 얼마나 될까. 기회가 한 번이라면 야구공을 잡아 본 적도 없는 나 같은 사람의 성공률은 1%도 채 안 될 것이다. 조금 더 사이즈를 키워 보자. 만약 서울 양 끝에 서서 사거리가 충분한 총을 발사했을 때 총알이 공중에서 부딪칠 확률은? 계산하고 싶지도 않다.

하지만 은하와 은하끼리 충돌할 때 그 안의 별들이 충돌할 확률은, 지구 양 끝에서 모래 알갱이 몇 개를 던지는 것과 같다. 지

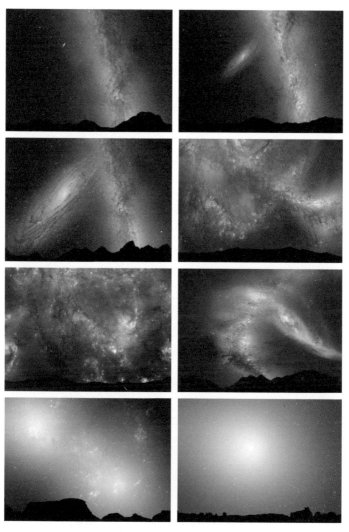

안드로메다은하와 우리은하가 충돌하는 과정 상상도. ©NASA

구 양 끝에서 던진 모래 알갱이가 부딪칠 확률이라니. 사진으로 볼 때는 은하에 별이 빽빽하게 차 있는 것 같지만 전혀 그렇지 않은 것이다. 그러니 두 은하는 충돌하지만 부딪치지는 않는, 꽤 멋진 만남을 하게 된다. 이게 다 은하가 가진 공간 때문이다. 별과 별 사이의 먼 거리, 그 공백은 서로를 아무렇지 않게 통과시킬 정도로 광활하다. 덕분에 지구는 안드로메다은하가 다가와도 안녕할 계획이다. 아 참, 두 은하가 충돌하려면 40억 년 정도 남았으니 참고하시라.

살아 보니 누군가와 함께 산다는 것 또한 거대한 두 세계가 충돌하는 일이었다. 다행히 보람이와 나는 5년 동안 단 한 번의 싸움도 없이 행복하게 살았다. 성향이 다른 사람과 함께 산다는 것은 내 공백에 상대의 장점을 채워 넣는 과정이었다. 쇼핑을 좋아하는 나는 청소를 좋아하는 그에게 아낌없이 청소용품을 제공했다. 청소를 편하게 하자며 다이슨을 샀다. 빨래 너는 수고를 줄이자며 건조기를 주문했다. 그러면 그는 최신식 총을 보급받은 군인처럼 신이 나서 휘둘렀다. 그의 청소 실력이 집 곳곳에 묻었다. 무엇이 필요하면 나는 부리나케 주문했고, 그는 그것을 적재적소에 배치했다. 우리는 완벽한 짝꿍이었다.

만약 나와 똑같은 사람과 살았다면? 어휴. 아마 몇 밤을 지내곤 진저리를 치면서 도망칠 것이다. 깊게 이해할 것처럼 보이지만 오히려 틀어지게 될 것이다. 똑같은 마음은 같은 부분에서 양보하기가 힘들다. 같은 순간에 같은 배려를 원한다. 같은 순간에 같은 원망을 퍼붓는다. "네가 좀 하지" 하면서.

그래서 나는 그와 함께 사는 게 좋았다. 치킨 한 조각을 집어 들 때 자연스레 그는 가슴살을, 나는 다리를 집어 드는 순간은 환상적이다. 떡볶이를 먹을 때 나는 어묵을, 그는 떡을 생각 없이 집어 드는 것은 두말할 것도 없고. 그래서 우리는 같은 집에서 다른 성격을 집어 들고 살았나 보다. 서로의 공백을 감사하게 느끼면서. 세상에, 어떻게 퍽퍽 살이 더 좋을 수 있냐고 감탄하면서.

03

냉장고라는 우주에서 보물찾기

그는 그날 밤에도 가짜를 사냥하고 있었다.

샤를 메시에Charles Messier, 그는 약 300년 전 천문학계를 주름잡던 프랑스의 혜성 전문 천문학자다. 우주에 떠도는 얼음덩어리인 혜성을 찾아내는 게 그의 직업이었다. 하지만 혜성을 찾는 일은 마치 예능 프로그램 〈히든 싱어〉에서 모창 능력자들 가운데원조 가수를 찾아내는 일 이상으로 만만치 않다. 밤하늘에는 혜성과 닮은 천체들이 별만큼이나 널려 있기 때문이다. 수많은 모사품 사이에서 진짜 혜성을 골라내는 게 메시에의 일이었다.

혜성 찾기에 도사였던 메시에도 숱한 좌절을 겪었다. 성단(별들의 모임)을 혜성으로 착각해 놓고 민망하게 쾌재를 부른다거나,

아내의 병간호를 하던 와중에 새로운 혜성을 발견하여 학계에 발표했지만 성운(우주의 가스)으로 밝혀져 망신을 당한 적도 있다. 내가 메시에였다면 망원경을 집어던지며 외쳤을 거다. "꼭 그렇게, 비슷하게 생겼어야 속이 후련했냐?"

하지만 역사에 남은 사람은 달랐다. 메시에는 망원경을 집어던지는 대신 노트를 집어 들었다. 그리고 혜성과 닮은 천체를 모조리 정리하기 시작했다. 진짜 혜성을 가려내기 위해 혜성처럼 보이는 가짜를 미리 찾아 놓기로 한 것이다. 진짜를 가려내기 위해 가짜를 먼저 걸러낸다니, 멋지다. 하긴 우리도 〈히든 싱어〉에서 진짜 가수를 찾기 위해 일단 아니다 싶은 가수부터 제외시켜 놓지 않는가. 매일 밤 그는 혜성 대신 가짜를 사냥했다. 무려 20년 동안이나.

나도 1년에 한두 번쯤 메시에와 비슷한 일을 한다. 배가 고파 설레는 마음으로 냉장고를 열었는데 정체 모를 녀석들이 냉장고를 점령했을 때 그렇다. 멀쩡한 음식을 먹기 위해선 나도 메시에처럼 가짜들 사이에서 진짜 음식을 찾아야 한다. 냉장고는 잠깐만 한눈을 팔아도 시공간을 초월한 우주가 된다. 유통기한이 1년쯤 지난 치즈가 나타난다거나, 녹아 버린(?) 삼겹살이 튀어나온다.

안다. 문제는 나에게 있다. 나는 닭발을 배달시켜 먹으며 짜릿

초록빛은 혜성(c/2019 y4 atlas), 주변은 별이다. 생김새는 거의 차이가 없다. ©신용운 천체사진가

함을 느끼는 인간이고, 다음 날에도 그 쾌락이 계속되길 원한다. 그러한 연유로 닭발님은 냉장고 안에 고이 모셔진다. 하지만 다음 날에 따끈한 치느님이 강림하시며 식어 버린 닭발은 찬밥 신세가 된다. 다음 날은 삼겹살, 그다음 날은 라면…. 이렇게 며칠 신선한(?) 야식을 영접하다 보면 냉장고는 어느새 부활할 날을 기다리는 음식들의 공동묘지가 되어 있다. 문득 '아차, 닭발이 있었지' 하고 냉장고를 도굴하듯 파내면 퀴퀴한 냉장고 냄새를 뿜

내 핑계는 천문학이야

는 빨간 닭발 묵이 튀어나온다. 별로다.

그렇다. 세상에는 냉장고 냄새라는 게 존재한다. 향이라고 부르기엔 너무 고급스러운 것 같고, 악취라고 하기엔 미안하다. 하지만 분명 냉장고에서는 오래된 김치 항아리 냄새 같은 게 난다. 특히 달달한 음식에 그런 냄새가 배면 절망스럽다. 달달한 치즈 케이크가 묵은지 향 케이크로 변해 있으면 냉장고를 통째로 세탁기에 넣어 버리고 싶다.

더구나 그 냄새를 머금은 음식들은 십중팔구는 상했거나 망가졌다. 먹을 수 있는 음식을 찾아내는 일은 지뢰 찾기 게임처럼 스릴 있지만 재미는 하나도 없다. 실패했다간 벌칙으로 장염을 얻는다. 그 말인즉슨 2주간 맹맹한 흰죽하고만 데이트를 해야 한다는 뜻이다. 이미 죽과 성향 차이를 느껴 완전 결별을 결심한 나다. 무색무취에다 노매력 덩어리인 흰죽과의 재결합은 없어야 한다.

먹을 수 있는 음식을 찾는 방법은 하나다. 냉장고 청소를 해야 한다. 일단 더 이상 음식이라고 부를 수 없는 것들은 다 뺀다. 돌 멩이처럼 변한 계란, 자연 발효된 우유, 김치 향 나는 케이크와 냉장고 맛 단팥빵까지 전부. 정체 모를 붉은 얼룩들도 닦아 낸다. '티끌 모아 태산'의 자세로 배달 음식이 올 때마다 쌓여 기어코 냉장고를 점령해 버린 콜라도 다 뺀다. 집 안 청소할 때 콜라를 사용하면 슈퍼맨이 따로 없다지만, 냉장고를 청소할 때는 그놈이 주범이다.

한껏 걷어 내고 났더니 냉장고 안에 남은 거라곤 김치통 3개와 치즈가 전부다. 그래도 만족한다. 이것들은 모두 먹어도 된다. 아프지 않을 것이다. 게다가 김치통 중엔 장모님이 주신 파김치도 숨어 있었다. 감동적이다.

짜장 라면을 끓였다. 완성된 짜장 라면 위에는 치즈를 얹고, 접시를 하나 꺼내 파김치도 한 움큼 담았다. 그 뒤는 말해서 무엇하랴. 나는 천국을 보았다. 낙원은 가까이에 있다. 무수히 많은 가짜들을 걷어 내고 나니 진짜가 나타났다. 메시에가 혜성을 발견하며 느낀 감격도 이만했을까?

혜성처럼 보이는 천체를 무려 103개나 찾은 메시에는 그 천체들을 목록으로 정리해 배포했다. 이를 메시에 목록이라고 한다. 250년이 지난 지금까지도 별 애호가들이 가장 많이 쓰는 천체 목록이다. 당신이 어딘가에서 들어 봤을 천체들의 이름(M1, M31, M45 등등)에 포함되어 있는 M이 바로 메시에를 뜻한다.

혜성과 혼동되는 천체들을 정리한 메시에는 결국 최고의 혜성 헌터가 되었다. 기존의 15개를 포함해 21개의 혜성을 찾아내며 왕실로부터 '혜성 사냥꾼' 칭호를 받았다. 가짜를 걷어 내자 메시에는 '진짜'가 되었다.

냉장고 청소도 진짜가 되는 일이라고 믿는다. 그것은 단순히 먹성은 좋지만 게으른 과거의 나와 싸우는 과정이 아니다. 널려진 불안을 치우는 일이다. 흐릿한 건강을 닦아 내는 일이기도 하다. 그러다 보면 냉장고 깊은 골짜기 안쪽 어딘가에서 보물 같은 묵은지를 발견할지도 모를 일이다. 나는 그것이 혜성을 발견한 메시에의 희열만큼이나 진정한 행복이라고 확신한다.

04

주차는 어려워

네이버 지식인에 질문이 올라왔다.

남자가 멋있어 보일 때는 언제인가요?

답변은 간결했다.

주차증 빼서 입에 물고 후진할 때.

이해할 수가 없었다. 도대체 주차증 따위를 물고, 전진하기 위해 만든 차를 거꾸로 모는 것이 왜 멋지단 말인가. 주차증에는 발암 물질도 있다던데, 암 따위에 신경 쓰지 않고 주차증을 입에 물어 버리는 박력에 반하는 걸까. 내가 여자라면 그것보다는 플래티넘 등급의 신용카드를 물고 백화점을 향해 서서히 전진할 때 더 끌릴 것 같다.

하지만 거짓말처럼 후진 주차는 남성의 미션이 되어 버렸다. 오래전, 예능 프로그램 〈우리 결혼했어요〉에서 육성재도 주차증을 섹시하게 물고 가상 부인인 조이 앞에서 폭풍 후진을 선보였다. 조이는 손뼉을 치며 환하게 웃었다. 물론 시선은 육성재의 얼굴에 향해 있었기 때문에 조이의 환한 웃음이 후진 때문인지 액셀을 밟은 사람이 육성재여서인지는 알 길이 없다. 하지만 육성재가 조이의 마음을 얻는 데 성공한 것은 분명했다.

2015년은 기록적인 해다. 세상에서 가장 멋진 주차가 펼쳐진 해이기 때문이다. 전 세계 로켓 기업의 선두 주자인 스페이스X는 팰컨9 로켓을 우주로 발사한 후 그대로 후진해 지상에 안전하게 주차하는 데 성공했다. 이 주차로 말할 것 같으면 지금까지의 우주 로켓 생태계를 완전히 박살 내버린 대사건이다.

로켓을 우주로 가는 값비싼 차로 생각해 보자. 초기의 로켓은 일회용이었다. 한 번 발사한 후 버려졌다. 룰루랄라 휴가를 보내겠다면서 차를 타고 부산에 도착하자마자 차를 바닷가에 밀어 넣는 식이다. 다행히 운전사는 해운대 해수욕장에 안착했지만 말이다. 한 번 더 여행을 떠나고 싶다면 방법이 없다. 차를 새로 사야 한다.

하물며 NASA의 달 탐사 미션인 아폴로 프로젝트에 사용되었던 새턴 V 로켓의 1회 발사 비용은 1조 5천억 원에 달했다. 1조 5천억 원이라. 너무 뜬구름 같은 금액이라 덧붙이자면, 머리숱이 부족한 나의 절친 S가 탈모 극복보다 더 간절히 바라는 로또 복권 1등에 750번 당첨되어야 하는 금액이다. 모든 사람이 기적처럼 바라는 그 순간(곱하기 750번)을 우주로 튀어 오르는 커다란 모나미 볼펜이 집어삼키는 것이다. 강대국들이라고 해도 블랙홀처럼 예산을 흡수하는 비싼 로켓을 계속 발사할 수는 없었다.

그래서 차비를 좀 아껴 보자며 만든 것이 미국의 '우주 왕복선'이다. 우주인이 탑승하는 비행체를 재활용하며 비용 절감을 노렸다. 하지만 기대와 다르게 막대한 수리비와 시설비가 발목을 잡았다. 작은 부속품에 손상이라도 갔을까 싶어 더 꼼꼼히 수리해야 했고, 재활용을 하다 보니 사고 위험도 더 컸다. 따져 보니 우주 왕복선의 발사 비용은 일회용 로켓과 별 차이가 없었다. 결국 우주 왕복선도 역사의 뒤편으로 사라졌다.

그런 어지러운 로켓 시장에 영웅이 등장했다. 스페이스X의 팰컨9 로켓은 최신 자동차의 주차 옵션처럼 원하는 위치에 자동으로 주차된다. 발사한 장면을 되감듯 그대로 올라갔다 그대로 후진으로 내려온다. 다시 정상적으로 내려왔다는 것은 시스템이 무난하게 작동한다는 뜻이기도 하다. 당연히 손상도 적다. 우주 왕복선과는 다르게 로켓의 엔진까지 재사용하다 보니 가격도 드라마틱하게 싸졌다. 우주 왕복선을 한 번 발사할 비용이면 팰컨9은 30번이나 발사할 수 있다.

팰컨9의 첫 발사로부터 십여 년이 지난 지금, 우주항공 분야의 사업은 많은 혁신적인 발전을 이뤘다. 스페이스X사는 팰컨9은 물론 그보다 3배나 더 무거운 짐을 나를 수 있는 팰컨 헤비 로켓까지 안정적으로 운영하고 있다. 당연히 후진 주차 옵션도 탑재되어 있다. 블루 오리진(아마존의 창립자 제프 베이조스Jeff Bezos가 설립한 우주 로켓 기업) 역시 후진 주차 기능을 탑재한 뉴 셰퍼드 로켓을 개발해, 이를 통해 우주 관광업을 시작했다. 실제로 2021년 7월 20일, 블루 오리진의 대표 제프 베이조스는 뉴 셰퍼드를 타고 직접 우주에 다녀왔다. 이로써 우주여행의 포문을 연 것이다. 앞으로 판매될 우주여행 티켓 가격은 미정이지만 전문가들은 1인당 약 2억 5천만 원 정도로 예상하고 있다. 다시 한번 1조 5천억 원과 비교해 보자면, 2억 5천만 원쯤은 이 세계에선 정말 껌값이다. 이게 다 후진 덕분이다.

인간에게 후진은 원래 어려운 것이다. 눈은 우리 얼굴 앞쪽에만 있다. 뒤통수는 덥수룩한 머리카락뿐이다. 우리의 생김새는 뒤보다는 앞에 더 집중하며 살아온 인류의 진화론적인 결론이다. 인간은 원래 직진하도록 발달해 왔는지도 모른다.

그러니 손바닥만 한 거울을 보며 옆 차와의 간격을 재고, 오른쪽으로 핸들을 돌리면 왼쪽으로 회전하는 자동차를 컨트롤해 정확하게 후진하며 주차 라인에 안착시키는 기술은 수준 높은 인류의 지능과 끈기를 나타낸다.

정글처럼 두서없고 위태로운 주차장에, 차 댈 곳이 한 칸이라도 보이면 하이에나처럼 달려들어, 차 문에 뱃살을 짓이기며 빠져나와야 하는 좁은 공간에도 완벽하게 주차를 해내는 주차 기술자들. 덕분에 우리는 5천만 명이나 사는 좁은 땅덩이에도 2천 500만 대의 차들을 세워 두며 살고 있다. 송곳 같은 주차 기술이 없다면 주차 공간을 더 마련하느라 아파트의 관리비는 물론 한 시간에 커피 한 잔 값을 삼키는 주차장 요금도 모두 오를 것이다. 그러니 자신은 주차를 잘한다며 허세 가득하게 어깨를 으쓱대는 사람도 조금은 기특하게 봐줄 일이다. 간접적이긴 하지만 능숙한 주차 실력은 우리의 지갑을 지켜 준다.

와이프는 내가 한 방에 주차하는 모습이 멋지다고 했다. 나는 로켓을 지상에 한 방에 주차시키는 로켓 공학자들이 멋지다. 그것은 어려운 일이니까. 어려운 일을 해내는 것은 근사한 일이니까. 주차는 우리의 지갑은 물론 마음까지 사로잡는 일인 것 같다.

　　　　　내 핑계는 천문학이야

05

택시비가 금값이지만

대학생 때였다. 고깃집에 가기 위해 택시를 잡던 중이었다. 친구는 흔들던 손을 멈추더니 결심한 듯 말했다.

"택시비를 아껴서 고기를 더 먹는 게 어때?"

친구는 걸어가서 고기를 더 먹는 게 지갑과 건강을 지키는 길이라고 했지만, 나는 동의하지 않는다. 그런 건 아무리 배가 고파도 밥은 한 공기만 먹는 사람에게나 가능한 일이다. 나 같은 사람은 걸으면서 생긴 허기 때문에 택시비보다 더 많은 고기를 시킬 게 분명하다. 그러니 택시를 타며 허기짐의 정도를 유지하는 것이 지갑과 건강에 유리하다(고 핑계 댄 후 택시를 타고 가서 고기도 많이 먹었다).

택시는 정말 최고다. 나에겐 보이지 않는 투명한 길들이 기사님들에게만 보이는 걸까. 마치 숨겨진 비밀 통로를 통해 이동하듯 목적지가 늘 순식간에 눈앞에 나타났다. "약속에 늦었어요, 부탁드려요!" 이 한마디만 뱉으면 기사님은 적토마를 모는 관우처럼 도로를 누볐다. 물론 "차가 막히는 걸 어떡해유" 하고 속 편히 옆 차선의 차를 끼워 주며 주행하는 기사님도 있긴 했지만, 대부분은 요청한 시간 전에 도착했다. 나는 '신속, 정확'을 택시의 사명감처럼 여기며 운행하시는 분들을 존경한다. 덩달아 내 삶도 신속, 정확해진다.

덕분에 기사님이 조금 돌아가는 것 같아도 목적지에 빨리 도착할 거라는 믿음으로 기다릴 수 있게 되었다. 택시의 가치는 요금이 아닌 시간이기 때문이다. 나는 약속 장소까지 빨리 가기 위해 택시를 탄 거지 싼값에 가려고 피 같은 월급을 쓰지 않았다. 아끼려고 했다면 버스를 탔어야 한다. 나는 소탐대실의 대명사지만 시간에 있어서는 다르다. 택시비를 아끼려다 약속 장소에 늦어 화난 친구에게 등짝을 얻어맞고 밥값까지 내는 불상사는 피해야 한다.

2019년 4월, 전 세계가 사진 한 장 때문에 들썩였다. 모든 뉴스에 같은 사진이 도배되었다. 사진 속 주인공이 무겁고 잘 안 보

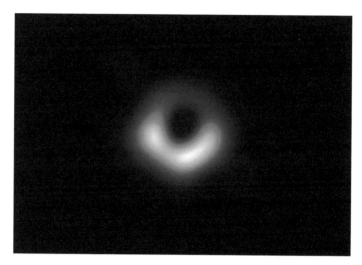

이는 데다 아주 멀리 살기 때문이었다. 주인공의 이름은 블랙홀이었다. 게다가 널리고 널린 조그만 블랙홀이 아니라, 태양 질량보다 65억 배나 무겁고 지구로부터 5천500만 광년이나 떨어진 초거대 질량 블랙홀이었다.

인류 역사상 최초로 블랙홀 사진 촬영에 성공한 EHT(사건의 지평선 망원경) 연구팀은 세계 6개 대륙에 흩어져 있는 전파 망원경 8대를 가상으로 연결했다. 덕분에 각기 다른 곳에서 별을 보아도 지구 크기만 한 거대 망원경으로 관측하는 효과를 낼 수 있었다. 망원경의 성능(분해능分解能)은 무려 파리의 카페에서 뉴욕에 있는 신문 글자를 읽을 수 있는 정도였다.

문제는 데이터의 양이었다. 좋은 카메라로 찍을수록 사진의 용량은 커진다. 스마트폰의 카메라는 나날이 좋아지지만 남아 있는 저장공간은 턱없이 부족한 걸 보면 알 수 있다. EHT 팀은 단 열흘간 블랙홀을 촬영했지만 데이터는 무려 5PB(페타바이트)에 달했다. 5PB는 약 5백만 GB(기가바이트)로 고화질 영화 70만 편에 해당하는 용량이다. 4만여 명이 평생 셀카를 찍는 양과도 같다.

전파 관측소에서 찍은 방대한 데이터를 처리하기 위해서는 미국과 독일의 연구소로 데이터를 전송해야 했다. 하지만 촬영 데이터가 너무 컸다. 5G 인터넷의 실속도인 1초에 100MB(메가바이트)씩 데이터를 보내도 넉 달 가까이 걸린다. 수백 명이 모여서 일하는 EHT 연구진에게 시간은 생명과도 같았다.

고심 끝에 연구진은 결정했다. 데이터가 저장된 50㎏의 하드 디스크를 몽땅 비행기에 싣고 연구소로 나르기로 한 것이다. 통신을 통해 전송하는 것보다 물리적으로 전달하는 게 빨랐다. 항공료가 수천만 원 발생했지만, 연구진에게 중요한 건 시간이었다. 덕분에 블랙홀 사진이 더 빨리 우리 곁에 왔다.

시간이 금보다 중요할 때가 있다. 연구든 택시든 마찬가지다.

내 펑계는 천문학이야

블랙홀 M87 촬영에 사용된 망원경 중 하나인 The South Pole Telescope. ©SPT

전용 도로를 타고 돌아가면 비쌀 것 같아서 국도로 가다가 차가 막히는 바람에 시간도 오래 걸리고 돈도 더 많이 낸 적이 있지 않은가. 무조건적인 절약이 주는 큰 손해 중 하나는 우습게도 지출이 더 많을 수 있다는 점이다.

그러니 택시 기사님이 "전용 도로로 갈까요?" 하고 묻는다면 허세를 잔뜩 담아 말해 보자.

"뭐든 괜찮으니 빠른 길로 가 주세요!"

06

고집 한 톨 정도는 괜찮잖아

부모님의 증언에 따르면 나는 네 살 때부터 하고 싶은 걸 못하게 하면 길바닥에 앉아 한 시간씩 목이 터져라 우는 아이였다. 특히 갖고 싶은 걸 안 사 주면 몇 시간 동안 생떼를 부렸다고 한다. 내 기억엔 없으니 난 그런 아이가 아니었다고 박박 우기고 싶지만, 고속도로에서 휴게소를 지나갈 때마다 내 눈치를 보던 아버지의 얼굴은 기억이 난다.

아버지는 나의 어릴 적 행패에 복수라도 하듯 명절만 되면 온 가족을 모아 놓고 말했다.

"조승현 고집 유명했지, 어휴."

"네?"

"인마, 너 어렸을 때 길 가다가 슈퍼 한 번 안 들리면 도로에 누워서 한 시간을 굴러다녔어."

"과일 먹다 말고 갑자기 왜 그러세요."

"그러니까 잔말 말고 사과 좀 깎아."

누나에게 '그 정도는 아니었다고 말해 줘'라고 구원의 눈빛을 보냈지만 누나는 분명 그 정도였다며 가만히 사과만 먹었다. 그래 놓고는 괜히 한마디 던졌다. "성공하려면 어느 정도 고집은 있어야지." 이건 사과를 깎아 줘서 고맙다고 던진 덕담일까, 결국은 성격을 좀 고치라는 일침일까?

하긴, 패러다임을 깬 천재 과학자들은 대개 괴짜거나 성격에 문제가 있는 경우가 많다. 왜냐하면 1+1=2라고 믿는 사람들에게 1+1=귀요미라며 온 힘을 다해 사고의 틀을 부정하는 일은 제정신으로 할 수 있는 일이 아니기 때문이다. 시간이 상황에 따라 다르게 흐른다고 가정한 아인슈타인이나, 화형이 빈번한 시대에 그래도 지구는 돈다고 주장한 갈릴레이만 보아도 모두 조금씩은 미쳐 있던 게 아닐까?

그러니까 뉴턴이 사과에 머리를 쥐어박히고도 '하늘에 매달린 달은 왜 떨어지지 않는가?'를 의심한 것은 대단한 일이지만, 정신 건강학적으로는 그리 좋지 않을 수 있다. 벽에 매달린 TV

가 떨어지지 않는다고 믿고 소파에 누워 리모컨을 드는 것이 훨씬 더 쉽고 건강한 일인 것이다.

게다가 천재들은 이른바 '똥고집'도 만만찮다. 만약 그들이 생각을 쉽게 포기하는 성격이었다면 그들이 품은 지겨울 정도의 의심도 없었을 것이다. 세상 사람들의 손가락질을 받으면서도 모든 것에 불만과 질문을 쏟아냈기 때문에, 원하는 바를 고집스럽게 관철했기 때문에, 현대 과학은 그들의 집념을 먹고 무럭무럭 자랄 수 있었다.

1990년, 《코스모스》의 저자로 유명한 천문학자 칼 세이건Carl Sagan도 고집을 부리고 있었다. 당시 태양계를 떠나고 있던 탐사선 보이저 1호의 카메라를 지구 쪽으로 돌려 지구의 모습을 사진으로 담자는 것이었다. 칼 세이건은 이 사진이 광활한 우주 속에 존재하는 지구의 모습을 보여줄 수 있을 것으로 믿었다.

하지만 NASA의 많은 과학자가 이를 반대하고 나섰다. 그들은 태양광이 카메라에 들어가면 민감한 장비가 손상되어 보이저 1호가 앞으로 카메라를 사용할 수 없게 될 가능성을 우려했다. 이미 성공적으로 임무를 수행 중인 보이저 1호에 불필요한 위험을 추가하고 싶지 않았던 것이다. NASA의 기술 고문이었던 칼 세이건은 "이 미션은 그럼에도 가치 있을 것"이라며 주변을 설득

내 핑계는 천문학이야

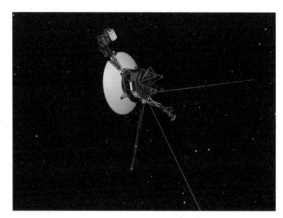

우주를
항해하고 있는
보이저 1호 상상도.
©NASA

했다. 결국 새로 취임한 NASA의 신임 국장이 결정을 내렸다.

"그래, 그럼 한번 찍어 보자고!"

1990년 2월 14일, 태양계를 벗어나고 있던 보이저 1호는 지구 쪽으로 카메라를 돌렸다. 지구에서 약 60억km나 떨어진 곳에서의 새로운 미션이었다. 찰칵. 지구-태양 거리보다 40배나 먼 곳에서 바라본 지구는 그저 먼지 한 톨에 가까웠다. 보이저 1호는 사진을 지구로 전송했다. 이 사진이 인간이 찍은 천체사진 중 가장 철학적인 천체사진으로 꼽히는 '창백한 푸른 점Pale Blue Dot'이다.

칼 세이건은 그의 저서 《창백한 푸른 점》에서 티끌만 한 지구 사진을 본 소감을 밝혔다.

〈창백한 푸른 점〉. 가운데 보이는 푸른 점이 '지구'다.
2020년, 촬영 30주년을 맞아 NASA가 최신 보정 기술을 활용해 리마스터링 한 버전이다. ©NASA

"다시 저 점을 보라. 저것이 우리의 고향이다. 저것이 우리다. 당신이 사랑하는 모든 사람들, 당신이 아는 모든 이들, 예전에 삶을 영위했던 모든 인류가 바로 저기에서 살았다."

장엄한 우주와 좁쌀만 한 지구 사진 속에서 인류는 겸손을 떠올렸다. 너와 나의 다툼이 의미 없음을, 우리의 증오와 오해가 보잘것없음을, 이 모든 것이 태양 빛 속에 부유하는 먼지만 한 곳에서 이루어졌음을 알게 된 것이다.

사진 속에는 칼 세이건의 고집도 담겨 있다. 수억만 리 떨어진 곳에서 지구의 참모습을 찍겠다는 오기 말이다. 고집은 나쁘게 보면 아집이지만, 좋게 보면 열정이다. 덕분에 우주에서 인간의 삶을 가늠하는 사진이 탄생했다.

나는 역사에 발자국을 깊게 남긴 과학자들처럼 천재도 아니고 세상을 바꾸고 싶지도 않다. 유명해지고 싶지도 않다. 그저 고집을 열정으로 삼아 하고 싶은 일을 하며 창백하게 빛나는 푸른 행성에서의 소박한 행복을 즐기고 싶다. 고집 좀 줄이라고 욕을 한다면, 적당히 잘 익은 사과를 깎아 줄까 한다. 누구를 해치지 않는 아집이라면, 좀 부려도 괜찮다고 믿는다. 어차피 우주에 떠 있는 먼지만 한 푸른 행성에서 부리는 고집 한 톨은 그다지 대단한 것도 아닐 것이다.

07

알앤비 민폐남

어떤 음악을 좋아하시나요?

나는 알앤비에 반쯤 미쳐 있다. 알앤비를 부르며 다소 부담스러운 나의 소울을 내보이는 일은 3년 전쯤부터 그만뒀지만, 지금도 새벽만 되면 기꺼이 알앤비 음악을 재생한다.

특히 퇴근 후 위스키를 한 잔 따라 놓고 노란 불빛 아래 기대어 듣기에는 알앤비만 한 게 없다. 그 분위기에 발라드는 너무 처지고, 아이돌 음악은 너무 경쾌하고, 팝은 하루를 새로 시작해야 할 것 같은 느낌이 든다. 그렇다면 플레이리스트에서 칠chill한 분위기의 알앤비를 누를 수밖에 없죠.

말할 것도 없지만 스피커가 고급이면 고급일수록 음악의 맛이 깊고 진하다. 둠칫둠칫 마음을 흔드는 베이스와 부드럽게 감싸는 음향이 노래에 매끈한 물광 메이크업을 입힌다. 이따금 스피커가 끝내주는 친구 차에서 음악을 들으면 화들짝 놀라곤 한다. '이 노래가 이렇게 힙했나?'

이것은 상급의 위스키를 종이컵에 따라 주느냐 명품 크리스털 잔에 따라 주느냐와는 완전히 다른 문제다. 위스키는 잔을 쥔 허세감은 다를지라도 어느 컵이든 맛은 일품이다. 하지만 스피커는 음악을 실제로 바꿔 버린다. 좋은 스피커는 음악에 고운 칭찬을 듬뿍 얹고, 싸구려 스피커는 음악에 가혹한 체벌을 가하는 것 같다.

메마른 추위가 이어지는 어느 겨울이었다. 취미로 작곡을 하는 친한 동생 든솔이 뜬금없이 전자레인지만 한 박스를 내밀었다. 갈색 우드톤이 매력적인 스피커였다. "우연히 괜찮은 스피커를 알게 되어서요." 든솔은 오다 주웠다는 듯이 시크하게 선물을 건넸다. "진짜야? 이걸 선물로 준다고? 갑자기?" 깜짝선물이 의아하기도 했지만 솟아오르는 광대를 기꺼이 내보이며 말했다.

"땡큐 브로."

나는 반쯤 날아가듯 집으로 돌아왔다. 방에 뛰어들어가 쓰고 있던 2만 5천 원짜리 손바닥만 한 스피커를 냅다 침대로 던졌다.

대신 그 자리에 든솔이 건넨 스피커를 올려 두었다. 마음이 급했다. 떨리는 손으로 핸드폰과 스피커를 블루투스 모드로 연결했다. 가쁜 숨을 참으며 존 레전드John Legend의 오버로드Overload를 재생했다. 스피커가 두둠칫 울리기 시작했다. 존 전설 형님의 목소리가 들리자 정신이 아득해졌다. 완벽하게 균형 잡힌 음향이었다. 주변을 둘러보니 어느새 허름한 자취방이 뉴욕 맨해튼 거리에 있는 고급 바Bar로 변해 있었다. 때 묻은 침대와 책이 삐뚤빼뚤 꽂힌 책장, 먼지가 수북한 전자 피아노가 모두 느낌 있는 인테리어 소품처럼 보였다. 스피커 하나 덕분이었다. 몇 장의 그림보다 한 곡의 음악이 더 훌륭한 인테리어가 될 수도 있다는 걸 처음으로 알았다.

아파트로 이사를 하게 되었을 때도 제일 먼저 꾸민 건 스피커를 들여놓은 서재였다. 은행을 살찌게 할 만큼 두둑한 이자를 내기로 하고 살게 된 집이다. 빈털터리가 되면서 이사를 온 것과 다를 바 없었다. 통장에 난 깊은 상처에 음악 치료가 시급했다.
서재에 가로로 길쭉한 우드톤의 책상을 두었다. 그 위에 든솔에게 받은 멋진 스피커, 노란 조명, 깔끔한 일체형 컴퓨터를 일렬로 놓았다. 완벽했다. 새로운 공간을 보니 마치 내가 더 세련된 사람이 된 것 같았다. 늦은 새벽이 돼서야 정리가 끝났지만 이 감

내 평계는 천문학이야

성을 즐겨야 했다. 이때 필요한 건 역시 음악이다.

부리나케 재생 버튼을 눌렀다. 지구상에서 가장 섹시한 알앤비가 흘러나왔다. 두터운 비트가 늦은 새벽 방 안 구석구석을 휘감았다. 누구에게도 보여줄 수 없는(나는 무척 치명적이라고 생각하는) 표정과 고갯짓으로 음악을 만끽했다. 완벽한 이삿날이었다.

그다음 날 경비 아저씨는 이사를 환영하기라도 하듯 아침 일찍 집 문을 두드리며 말했다.

"새벽까지 도대체 뭘 하시는 거예요?"

"네?"

"아랫집에서 항의가 장난 아니에요. 시끄러워 잠을 못 잤다고요. 새벽에 그렇게 노래를 크게 트시면 어떡해요."

처음 보는 경비 아저씨에게 격렬한 항의를 듣자 정신이 아득해졌다. 내가 서 있는 곳이 이사한 집인지 맨해튼의 바인지 낯선 우주인지 어지러웠다. 내가 누군가의 밤을 정성을 다해 방해한 것이다. 너무 부끄러웠다.

나는 외딴 별에 살다가 별이 수십만 개쯤 모여 있는 성단으로 이사 온 느낌이 들었다. 아무도 내게 아파트에서 지켜야 할 규칙을 알려 주지 않았다. 여러 세대가 다닥다닥 붙어서 사는 아파트라는 공간에서의 금기를 알려 주지 않았다. 밤에 조용히 해야 하는 것 정도는 누구에게나 상식이니 말이다.

하필 나는 태어나서 20년 동안 시골의 외딴집에서 살았다. 옆집 소음은커녕 옆집이랄 것도 없는 곳이었다. 서울로 상경하며 살게 된 자취방은 연립주택이었다. 하지만 하필 주인집 할머니의 귀가 어두웠다. 피아노를 좋아하고 노래를 사랑한 한 청년의 지옥 같은 소음을 누구도 제지하지 않았다. 하필 그 집에서 10년을 살았다. 하필의 연속은 도미노처럼 공동 주거의 상식을 쓰러트리며 나를 아파트 입주 첫날 새벽부터 알앤비 민폐남으로 만들었다.

알고 보니 아파트는 규칙 나무들로 빼곡히 들어찬 질서의 숲이었다. 12시가 넘으면 스피커로 빵빵 음악을 틀어대서는 안 된다. 세탁기, 건조기도 새벽에 돌렸다간 드럼통 돌아가는 소리에 맞춰 박자감 넘치는 눈초리를 맞는다. 훤히 보이는 창문 앞에서 옷을 갈아입는 것도 조심해야 하고, TV 소리를 영화관처럼 높였다간 윗, 옆, 아랫집에게 서라운드 항의를 받을지도 모른다.

함께 사는 것에는 늘 규칙이 있다. 보통의 선한 사람들은 그 선을 지키며 서로의 자유를 지켜 주려 노력한다. 그렇기 때문에 수백 명의 사람들이 아파트라고 불리는 고작 100평쯤 되는 땅덩어리에 겹겹이 올라타 살아갈 수 있는 것이다.

내 평계는 천문학이야

견고한 행동 규칙은 반대로 우리의 정보를 품고 있기도 하다. 만약 오랜만에 만난 친구에게 "나 이사했는데 분리수거가 일주일에 한 번이더라고! 주차를 하려면 차량 등록도 해야 하더라. 그래도 아래층이 없어서 막 뛸 수 있는 건 좋아"라고 말한다면 친구는 금세 눈치를 채고 말할 것이다. "아파트로 이사 갔구나? 그것도 1층으로." 우리의 행동은 곧 정보가 된다.

　　별도 마찬가지다. 별의 움직임은 그 별의 행동이다. 특히 여러 별과 함께 사는 별은 행동이 매우 규칙적이다. 뉴턴 아저씨의 위대한 만유인력의 법칙으로 별들의 행동을 바라보면 수억만 리 떨어진 곳에서도 정체를 쉽게 알아낼 수 있다. 별이 얼마나 무거운지, 주변의 다른 별들과 얼마나 가까운지, 주변에 행성은 있는지 등을 고등학교 수학 정도로도 파악할 수 있다. 이 정보들은 다시 천체의 밝기, 나이, 거리를 알아내는 단서가 되어, 천문학자들은 그 별들의 신상 정보를 손에 쥐게 된다. 별의 행동은 별의 지문과 마찬가지인 셈이다. 우리나 별이나 모두 사회 속에서 살아간다. 그리고 때로는 그 사회가 나이기도 하고, 내가 그 사회이기도 하다.

　　음악 이야기를 하다가 사회까지 흘렀다. 아주 멀리 왔다는 생각이 든다. 내 스피커도 결국 내 방에서 천문대로 멀찍이 쫓겨났다. 소리를 빵빵 낼 수 있는 천문대가 스피커에게도 행복할 것이다. 모름지기 스피커란 존재 가치를 데시벨로 내는 녀석이 아닌가요.

덕분에 집에서는 무선 이어폰을 끼고 노래를 듣는다. 꽤 슬프다. 하지만 이곳에 평생의 기를 모아 빚을 지고 이사 오기로 선택한 것은 나니까 할 말은 없다. 씁쓸할 땐 역시 알앤비가 제격이다. 두둠칫, 무선 이어폰으로도 내 방이 맨해튼의 바가 되었으면 좋겠다.

내 평계는 천문학이야

08

은하수는 못 봤어도
등심은 사랑이야

천문대 동료들과 스위스 고산지대에 머물렀을 때였다. 삼 일을 머물렀고, 삼 일 내내 비가 왔다. 먹구름이 경주하듯 산 위를 빠르게 움직였다. 산안개는 초침이 움직일 때마다 춤을 췄다. 흐릿한 시야 사이로 떨어지는 빗방울이 산맥과 어우러졌다. 비 오는 알프스의 풍경은 완벽했다. 문제는 그곳에 별을 보러 떠났다는 거다.

은하수를 보려고 떠난 여행이었다. 산 좋고 물 좋기로 유명한 스위스 뮈렌에 가기 위해서 비행기에 올랐다. 12시간을 날아 런던에 도착했고 세 시간을 더 기다려 제네바행 비행기로 갈아탔다. 그 뒤로도 차와 기차를 번갈아 타야 했다. 헨젤과 그레텔이

스위스 뮈렌 사진.

따로 없었다. 별을 보겠다는 일념으로 쿠키 같은 시간을 길 위에
뿌렸다.

그런데 비가 오는 것이다. 맑은 하늘을 기대한 곳에 비라니.
시커먼 구름이 뮈렌을 거쳐 내 마음에 드리웠다. 빛을 피해서 스
위스까지 왔지만 비는 피하지 못했다. 원망스러운 하늘을 바라
보았다. 빗방울이 얼굴에 부딪혀 눈물처럼 떨어졌다. 환상적인
은하수를 기대했던 우리는 졸지에 망연자실해졌다. 수백만 원과
수십 시간을 써서 도착했다. 핸드폰 카메라가 1,200만 화소를 넘
는 시대에도 뚱뚱한 DSLR을 챙겼다. 삼각대와 레이저도 캐리어
한쪽에 부담스럽게 쌓았다. 수려한 별 사진을 기대하며 싼 짐이

었다. 한여름에 챙긴 두꺼운 옷은 또 어떻고. 준비물은 화려했지만 쓰임새는 초라했다.

별 소득 없이 돌아가야 한다는 생각에 스트레스가 차올랐다. 우리는 모두 맥이 빠졌다. 그러다 저녁 시간이 되어 마트에서 소고기 등심을 사다가 구웠다. 빗방울로 가득 찬 스위스의 산자락에서 등심을 구워 먹던 중, 느닷없이 A가 외쳤다.

"등심은 사랑이야!"

갑작스러운 선언에 모두 그를 바라보았다. 그는 반쯤 눈을 감고 행복한 미소를 짓고 있었다. 그 표정은 뭐랄까, 분유를 맛있게 들이켠 아기 같달까. 참고로, 그가 평생 먹은 고기 양을 따진다면 목장 하나는 거뜬히 없앨 것이다. 목장 파괴자의 살가운 표정을 본 우리는 포크를 집어 들었다. 접시에 던져진 6개의 포크가 등심을 소리 없이 조각했다. 목장의 나라를 찾은 우리 모두는 어느새 목장 파괴자의 웃음을 짓고 있었다. 등심 속 지방과 단백질이 미소로 변하고 있었다. 사르륵 녹는 살점에 덩달아 스트레스도 녹았다. 사랑이 무엇인지 모르는 사람이 있다면 소고기를 한 점 입에 넣어 주며 말하면 된다. "이게 사랑이란 거야(찡긋)."

A의 '등심 사랑 선언'은 별을 볼 수 없는 먹먹함을 한순간에 날려 버렸다. 역시 여행할 때는 쉽게 행복하고 금세 회복하는 동행

자가 최고다. 그런 사람과 먹는 고기는 더 맛있다. 덕분에 고기는 모자랐다. 아, 물론 많이 먹어서는 아니다. 적게 샀을 뿐이다….

삶 속의 장애물은 앞으로도 꾸준할 것이다. 별을 보러 떠난 곳에서 구름 잔치를 할 수도 있고, 갑자기 튀어나온 상사가 마무리되어 가는 프로젝트를 뒤엎을지도 모른다. 가장 친한 두 친구가 같은 날 같은 시간에 결혼식을 할는지도 모르고. 게다가 그런 문제들은 애써 고민한다고 해결되지도 않는다. 그러니 맞서 싸우며 골똘하기보단 둘레둘레 피해 가며 잊힌 행복을 떠올리는 것이 좋다. 물론 행복을 부르기엔 고기만 한 것이 없다. '소확행'은 소고기가 주는 확실한 행복의 줄임말이 아닐까?

장애물이 나타나면 곁눈질을 하자. 등심을 굽든, 랍스터를 먹든, 러닝을 하든 간에 각자의 행복으로 도망쳐야 한다. 나타난 장애물을 애써 노려볼 필요는 없으니까. 조금 돌아가면 되니까. 조금 더 돌아갈 에너지는 곁눈질로 얻을 것이다. 누구에게도 허락받을 필요 없는 안락한 도망.

"또 고기 먹지?"

아들의 편식에 잔소리하는 어머니에게 외친다.

"저는 지금 삶의 장애물을 돌아가는 중입니다만?"

09

개기일식과 텅 빈 통장 사이

"뭐? 아직도 개기일식을 못 봤다고?"

나는 이미 상훈에게 91번쯤 으스댔지만, 상훈을 다시 만나자마자 92번째로 으스대기 시작했다. 그는 분개하며 말했다.

"아니, 나도 70% 가려진 부분 일식은 봤다니까!"

"개기일식이랑 부분일식이랑 급이 같냐. 이번에 미국에서 개기일식 있잖아. 나 예약했어. 안 갈 거야?"

"하, 돈 없다고…."

일식은 태양이 달에 가려지는 천문 현상이다. 낮에 달이 슬그머니 해 앞을 가로지르면, 그림자가 천천히 땅을 덮다가 완전히 해를 가림과 동시에 주위는 깜깜한 밤처럼 변한다. 이 짜릿한 순간을 개기일식이라고 한다.

하지만 개기일식을 경험하는 일은 땅속에 묻혀 있는 보물 상자를 찾아내는 일과 유사하다. 보물 상자가 묻힌 깊이의 70%를 파든 90%를 파든, 결국 100%에 도달하지 않으면 아예 파지 않은 것과 다를 바 없다. 마찬가지로 달이 태양을 완전히 가리지 않으면 개기일식의 느낌을 전혀 알 수 없다. 개기일식과 부분일식은 완전히 다른 종류의 현상인 것이다.

상훈은 개기일식도 못 봤냐는 나의 놀림을 받을 때마다 전력을 다해 반격했다.

"넌 혜성 꼬리 맨눈으로 본 적 있어?"

"혜성 봤지, 맨눈으로는 못 봤지만."

"우캬캬캬, 혜성 꼬리를 보면 진짜 하늘에서 폭포수가 떨어지는 것 같다니까?"

"너 설마 혜성 꼬리를 개기일식과 비교하는 거야?"

"……. 아니 그럼 너 애리조나에서 은하수 본 적 있냐고!"

"너 설마 은하수를 개기일식과 비교하는 거야?"

"……."

개기일식은 천문인들에게 끝판왕이다. 마치 낚시인에겐 긴꼬

리벵에돔, 등산가에겐 에베레스트와 같은 게 개기일식이다. 더구나 지난 170년간 우리나라에서는 개기일식이 일어나지 않았다. 귀신이나 좀비를 제외하면 대한민국에서 일어난 개기일식을 본 사람은 없다.

더욱이 개기일식은 1~2년에 한 번, 지구상에서 아주 좁은 지역에서만 발생한다. 지구의 70%가 바다이고 나머지 20%가 산이나 극지방인 점을 감안하면, 현실적으로 방문할 수 있는 장소에서 개기일식을 경험할 수 있는 기회는 매우 드문 것이다. 설사 시간과 돈을 들여 개기일식 장소에 갔더라도 날씨가 흐리면 아무것도 볼 수 없다. 교통, 시간, 날씨 모두 완벽하게 조화를 이루어야만 그 놀라운 순간을 만날 수 있다.

천문학을 전공한 상훈과 나는 제 포켓몬 카드가 더 멋지다고 으스대는 초딩처럼 늘 밤하늘 경험을 겨뤄 댔다. 상훈이 혜성의 꼬리를 봤냐고 공격하면 나는 영하 40℃를 견디면서 본 오로라로 방어했고, 애리조나 은하수로 필살기를 쓸 때면 하와이 마우나케아 은하수로 결계를 쳤다. 대학원에서 공부하느라 시간을 더 쓴 상훈보다야 천문대에 일찌감치 입사해 월급을 여행에 갖다 바친 내가 경험이 더 많았다. 아니 그래야만 한다. 경험마저 부족하다면 숫자 대신 껍데기만 남은 내 통장이 나를 해임하기 위해 주주총회를 열지도 모른다. "아니, 돈을 그만큼 쏟아붓고도 경험치가 밀린다고요? 정말 형편없는 대표군요. 통장의 경영권을 내려놓으세요."

"나도 예약했다. 개기일식 보러 미국 가고 만다!"

상훈은 2024년 미국 댈러스에서 펼쳐질 개기일식을 두 달 남겨 두고 갑작스레 미국행 비행기를 끊었다고 했다. 세계의 유가가 하늘을 찌른 탓에 비행기 가격도 고공행진 중이었는데, 무려 200만 원을 주고 항공권을 끊은 것이다. 나는 그의 충동적인 결정을 보며 물었다.

"숙소는 예약했어?"

"이제 해야지…"

"렌터카는?"

"그것도 해야지…"

"지금 미국 달러 비싼 거 알지?"

"그래도 가야지."

나는 "그래, 우리가 시간이 없지, 돈이 없냐"라고 말하고 싶었지만 애석하게도 우리는 돈도 시간도 없었다. 눈치를 보며 연차를 쓰고 궁지에 몰리며 카드를 긁는 여행이었다. 상훈은 계좌와 작별을 고할 작정이 분명했다. 한순간의 결정으로 500만 원을

개기일식 순간 하늘에 뜬 태양과 코로나. 2024 미국 아칸소주. ©신용운 천체사진가

태운 상훈은 계좌와 함께 재가 되어 스러졌다.

그리고 2024년, 우리는 미국에서 개기일식을 목격했다.

거리는 적막했고, 하늘에 있는 검은 구멍은 온 세상을 잡아먹을 것처럼 위협했다. 달에 가려진 태양이었다. 낮이 밤처럼 변하자 검은 태양은 성을 내듯 흰색 코로나를 주위로 내뿜었다. 그 순간 모든 것이 정지했다. 밤이 된 줄 착각한 센서 등만이 공포 영화처럼 '두두둑' 켜졌다. 한여름에 찬 바람이 불었다. 낮이자 밤인 하늘엔 밝은 별들이 깜빡였다. '세상이 절멸하는 것일까' 하는 공포감이 주변을 맴돌았다. 두 번째 보는 개기일식이지만 처음처럼 느껴졌다. 처음처럼 경이로웠고, 처음처럼 충격적이었다. 앞으로 몇 번의 개기일식을 더 보게 될지 모르지만, 그 순간은 언제나 처음처럼 강렬할 것이다.

2017년에 개기일식을 경험한 후 나는 상훈에게 줄곧 말해 왔다. "내 인생에서 가장 경이로운 장면이 개기일식이더라. 사람은 두 종류로 나뉘지. 개기일식을 본 사람과 안 본 사람."

"돈 쓴 보람 있더라."

상훈은 개기일식을 보고 난 후 말했다. 치솟은 환율과 갑작스레 안 좋아진 날씨에 예약해 둔 숙소를 버리고 새 숙소를 잡느라 이미 말라비틀어진 지갑을 더욱 쥐어짰음에도 불구하고 그저 황홀한 순간이었다고 했다. 나는 그의 말에 완전히 동의했다. 암, 돈 쓴 보람 있고말고.

나는 맥시멀리스트다. 커피 머신과 모카포트를 동시에 소유하고, 일터에서는 윈도우 노트북을, 집에서는 맥북을 사용한다. 지속적으로 버리고 최소한만 소유하려는 미니멀리스트와는 정반대다. 무언가를 구매하고 소비하는 순간, 나는 짜릿한 희열을 느낀다. 소비를 통해 새로운 경험을 얻는다고 믿기 때문이다. 가치 있는 것을 얻으려면 상응하는 대가를 지불해야 한다. 신선한 경험을 위해 주저 없이 지갑을 여는 것이라고 뻔뻔하게 핑계를 대 본다. 자고 일어날 때마다 머리도 한 움큼씩 빠지는 주제에 틀린 말이 없다는 옛말도 외쳐본다. 공짜 좋아하면 대머리 됩니다!

나는 매년 돈을 쌓아 가는 대신 구매하고, 여행하고, 먹으며 소비하는 삶을 선택했다. 통장 잔고는 늘지 않지만 경험은 계속 증가한다. 덕분에 상훈에게 "개기일식 봤어?" 대신 "개기일식을 한 번밖에 못 봤어?"라고 놀릴 수 있다. 놀림이라는 얕은 행복으로도 삶은 촉촉해진다. 인생을 팍팍하게 만드는 것이 너무 많은 세상이다. 가끔은 돈으로 말랑한 행복을 사는 것도 괜찮지 싶다. 부자가 되긴 글러 먹었다.

10

1박에 얼마라고?

"여기가 진짜 우리 숙소라고?"

미국, 휴스턴 숙소에 도착한 나와 동료 8명은 떡 벌어진 궁전 같은 집에 탄성을 질렀다. 체육대회를 해도 될 것 같은 거실과 10명도 거뜬히 식사를 할 수 있는 주방, 영화관 같은 응접실도 있었다. 수많은 침실과 그 안에 놓인 10개의 침대는 에어비앤비보단 호스텔을 운영해야 할 법했다. 동료든 길이든 하나는 잃어버릴 것 같은 집에서 무려 6박 7일 동안의 여행을 시작했다.

"혹시… 1박에 얼마까지 써도 돼요?"

이번 여행을 준비하며 든솔이 물었다. 나는 잠시 고민하다가 말했다.

"70만 원 정도가 적당하겠네."

"혹시 가격을 조금 더 세게 가면 어떨까요?"

"얼만데?"

"100만 원이요."

"후, 그러자."

9명이 함께 떠나는 여행이라 적당히 큰 집이 필요했다. 호텔은 1인당 비용이 너무 비쌌고, 호스텔은 단체 여행객에게 불편해서 우리는 주로 에어비앤비를 이용한다. 적합한 숙소를 찾기 위해서는 여러 가지를 고려해야 한다. 사람이 많은 만큼 일단 침대가 많아야 한다. 화장실도 많을수록 좋다. 안 그러면 씻을 때도 마려울 때도 고통스러운 교통 체증과 눈치싸움을 겪게 된다. 더구나 9명이 머무는 숙소는 식탁에 의자 하나만 부족해도 쉽사리 왕따 논란을 초래할 수 있다. 눈에 보이는 수많은 변수를 제거하다 보면 답은 하나다. 크고, 넓고, 비싼 집을 숙소로 얻어야 한다.

하지만 숙소비란 마치 하면 할수록 커지는 거짓말 같아서 '조금만 더 꾸며 볼까?' 하면 작은 허풍들이 더해져 태풍이 되어 버린다. 화장실이 하나만 더 있으면 좋겠어, 침대가 7개인 줄 알았는데 그중 하나는 소파침대였잖아? 5만 원만 더하면 자쿠지(월풀욕조)가 있다고? 10만 원 더 쓰면 세탁기와 건조기도 있네? 뭐야, 이 집은 운동기구가 있어! 헬스장 1개월을 끊으러 가서 1년 권을 끊고 나오는 사람이 어떻게 숙소는 매정하게 끊겠나. 결국 그러다 보면 정해진 예산의 두 배가 되곤 하는 것이다.

호캉스가 유행인 시대에 1박에 100만 원짜리 호텔도 성행하지만, 그것이 6, 7박 정도 되면 상황이 달라진다. 숙소가 호화로워질수록 지갑은 얇아지니 그러면 결국 다른 것을 줄여야 한다. 여행을 계획하며 늘 고민한다. 돈을 조금 더 효율적으로 써야 하지 않을까?

1995년, 우주 탐사의 거대한 무대에서 허블 우주 망원경이라는 최첨단 기기를 쥐고 있던 천문학자 로버트 윌리엄스Robert Wiliams 는 대담한 제안 하나로 과학계를 집중시켰다. 그의 제안은 단순했지만 혁명적이었다.

"밤하늘에서 아무것도 보이지 않는, 텅 빈 공간을 찍어 봅시다."

당시 허블 망원경은 발사된 지 겨우 5년밖에 되지 않은 최신 기술의 꽃이었다. 매일 수백 명의 과학자가 이 망원경의 시간을 두고 치열하게 경쟁했다. 하루 사용료가 약 10억 원이나 되는, 지구상에서 가장 성능이 뛰어난 망원경을 사용해 '아무것도 없는 곳'을 찍자는 제안은 마치 최신 아이폰 15 프로를 들고 돌멩이 사진만 찍자고 제안하는 셈이었다.

"그냥 빈 공간을 찍겠다고? 돈 낭비, 시간 낭비 아냐?" 동료들의 의심과 반대가 쏟아졌지만, 윌리엄스는 꿋꿋하게 자신의 계획을 밀어붙였다. 그는 실패할 경우 모든 책임을 지고 사임하겠다고 선언했다. 그의 고집은 마침내 허블 딥 필드Hubble Deep Field 프로젝트의 시작을 알렸다.

1995년 12월 18일, 큰곰자리 근처의 작은 구석을 향해 허블 망원경의 렌즈가 고정되었다. 팔을 쭉 뻗고 바늘구멍으로 우주를 보았을 때 보이는 영역만큼이나 좁은 영역이었다. 허블 망원경은 지구 주변을 90분마다 한 바퀴 돌며 계속해서 같은 위치를 쳐다보았다. 10일간 342차례에 걸쳐 관측이 이루어졌고, 한 번도 관심받지 못한 우주의 작은 영역은 실체를 드러내기 시작했다.

결과는 과학계를 경악하게 했다. 바늘구멍만 한 밤하늘 조각에서 무려 3천 개 이상의 은하가 발견된 것이다. 은하들은 각기 다른 형태와 크기를 지니고 있었고, 저마다 수천억 개의 별들을 거느리고 있었다. 우연히 한 알의 모래를 집어 들었는데, 그 모래알 안에서 또 다른 세계를 발견한 것과 같았다. 그렇다면 넓은 모래사장 전체에는 얼마나 많은 세계가 숨겨져 있을까? 허블 딥 필드 프로젝트는 작은 영역에서 수천 개의 은하를 발견함으로써, 우리가 살아가는 우주가 얼마나 광활하고 끝없이 펼쳐져 있는지를 새삼 깨닫게 했다.

"이번 여행에서 언제가 제일 좋았어?"

이 질문은 우리의 미국 여행 마지막 밤, 거대한 마당이 있는 숙소 거실에서 던져졌다. 이번 여행의 '베스트 순간'을 뽑으며 저물어 가는 여행을 위로한 것이다. 각자의 대답이 이어지면서 고요히 빛나던 장면들이 재조명되었다.

"거대한 저택에서 커피를 마실 때요."

"다 같이 식탁에 모여서 파스타 해 먹었을 때요."

함께한 동료들은 최고의 순간으로 숙소에서 보낸 시간을 꼽았다. 12시간 비행기를 타고 온 미국에서, 수십만 원을 주고 먹은 정통 텍사스 바비큐 대신 숙소에서 복작복작 요리해 먹은 파스타와 드립 커피를 선택한 것이다. 내 베스트 순간도 비슷하다. 이른 아침, 별 약속 없이 자연스레 식탁에 모여 세혁이 해 준 베이컨 불닭볶음면을 먹었을 때, 딱 귀신 나올법한 미국의 대저택에서 공포영화를 보다가 함께 잠들었을 때가 가장 기억에 남는다. 이 순간들은 우리가 숙소에 중고차 한 대 값을 쓴 덕분에 얻어진 것들이었다.

'가성비'라는 단어가 득세하는 요즘이다. 그 선두에 서서 나는

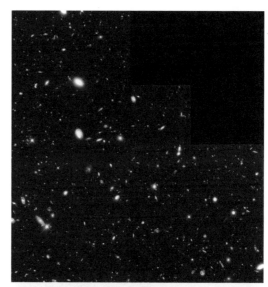

허블 딥 필드.
사진 속에 보이는
대부분의
천체가 모두 은하다.
허블 망원경의
카메라 구조로 인해
오른쪽 상단부가
비어 있다.
©NASA

2012년에 촬영된
허블 울트라 딥 필드.
허블 딥 필드와
비슷한 방식으로 관측한
우주의 작은 영역이다.
©NASA

휴스턴 대저택 앞에서
찍은 단체 사진.

매 순간 효율성을 추구하며 살아간다. 로봇청소기는 샤오미를, 헤어드라이어는 차이슨(이른바 짭 다이슨)을 사용한다. 충전기는 베이스어스라는 이 시대의 가성비 갑 브랜드다. 그러고는 1박에 100만 원짜리 숙소에 묵으며 여행한다. 영 앞뒤가 맞지 않는다.

만약 윌리엄스가 허블 우주 망원경으로 '밤하늘의 빈 공간'을

내 평계는 천문학이야

찍자는 고집을 부리지 않았다면, 우리는 우주의 놀라운 규모와 아름다움을 만날 수 있었을까? 그가 과학적 모험을 위해 우긴 것처럼, 여행에도 가끔은 낭비적인 선택이 필요하다. 물론 계좌를 들여다보면 얘기는 달라지지만 말이다. 나는 내년 여행의 숙소를 찾을 때도 최저가 순으로 검색을 시작할 것이다. 그러다 보면 차근차근 눈높이가 올라가다 마지막 페이지쯤에서 인생 숙소를 찾을 것이고, 허블 딥 필드를 핑계로 비싼 숙소를 선택할 것이다. 나란 인간은 뻔할 뻔 자다. 하지만 그렇게 떠난 모험마다 예상치 못한 놀라움과 기쁨을 경험하며 살고 싶다.

우주에서 순서만큼 의미 없는 것도 없지만 적어도 태양계 안에서는 중요하다. 태양과 너무 가까우면 불타는 행성이 돼 버리고, 너무 멀면 얼음 행성이 돼 버리기 때문이다.

다행히 지구는 인간이 문명을 이뤄낼 정도로 태양과 적절히 떨어져 있다. 항성 주변에 물이 존재할 수 있을 만큼 적당히 따뜻한 영역을 '골디락스 존'이라고 부른다. 지구는 태양의 골디락스 존 안에 있는 것이다. 아무리 생명의 근원이자 에너지의 본질인 태양이라고 하더라도 적당한 거리가 필요하다.

2장

천문학으로
핑계 대기

01

아직은 비상시 양말 같은
《코스모스》지만

부끄럽지만 고백하건대, 나는 아직도 칼 세이건의 《코스모스》를 다 읽지 못했다. 이 책은 과학과 인문학을 아우르며 우주를 바라보는 칼 세이건의 깊은 통찰을 담고 있다. 많은 천문학 애호가들이 이 책을 거의 성경처럼 여겨 경건한 마음으로 책장 한편에 모셔 두곤 한다.

내 책장에도 《코스모스》는 꽂혀 있다. 하지만 어째서인지 도통 반 이상 읽어지지 않는다. 《코스모스》는 하필 웬만한 벽돌보다 두꺼웠고, 내 집중력은 하필 보잘것없이 초라했다. 꼭 읽어야 한다는 강박은 오히려 내 손을 책 반대편으로 향하게 했다. 직업이 천문학 강사라는 것도 이 책을 읽는 데는 영 도움이 되지 않는다. 언젠가 두 시인 얘기를 들은 적이 있다. 시인 둘이 밥을 먹는 중 붉게 지는 노을을 보고 한 시인이 말했다. "석양이 참 아름답네요." 그러자 다른 시인이 대답했다. "거, 밥 먹는데 일 얘기하지 맙시다." 그러니 마음의 평안을 찾으려고 하는 독서를 《코스모스》로는 할 수 없는 게 정상이 아닐까 하는 생각도 들었다.

더 고백하자면, 《코스모스》뿐만 아니라 요즘은 책을 통 읽지 않는다. 책이 잘 읽히지 않는다는 게 맞는 표현 같다. 어렸을 땐 옆돌기를 곧잘 했는데 어느 순간 옆돌기 능력이 사라진 것처럼, 책을 읽는 능력 자체가 소멸돼 버렸다. 혹 집중력이 문제인가 싶어서 최근 베스트셀러인 《도둑맞은 집중력》을 구매했지만 이 책 역시 읽지 못했다. 마치 그 무엇도 삼킬 수 없어서 병원을 찾았는데 처방으로 알약을 받은 느낌이랄까? 내 난독증은 여전히 해결되지 않고 있다.

문제는 어제도 책을 샀다는 거다. 이번 달에만 벌써 세 권째다. 에세이 한 권과 천문학 관련 신간 두 권. 새 책이 도착하면 표지를 한 번 쳐다보고, 몇 페이지를 휘리릭 넘겨본 후 "재미있겠네, 내일 읽겠어" 하곤 책장에 꽂는다. 그 뒤로 다시는 펴지 않는다. 이렇게 책장에서 명을 다한 책이 사열 종대 앉아 번호로 연병장 두 바퀴쯤 된다.

그렇다고 설렁설렁한 마음으로 책을 사진 않는다. 헬스장을 등록할 때처럼 비장하다. 주 5일 헬스도 문제없지, 하는 각오로 1년 회원권 끊듯이 책을 산다. 그러나 '헬스장 등록 후 한 달 내에 71%가 운동을 그만둔다'는 통계처럼, 내 독서 생활도 비슷한 운명을 맞는다. 임시대피소라 생각했던 책장은 어느새 책의 공동묘지가 되어 버렸다.

"Houston, We've had a problem(휴스턴, 문제가 생겼다)."

1970년 4월, NASA 휴스턴 관제센터에 급박한 음성 무전이 도착했다. 아폴로 13호의 사령선 조종사인 잭 스위거트Jack Swigert 의 목소리였다. 관제센터는 확인차 다시 말하라는 신호를 전송했다. 다시 날아든 목소리 역시 같았다. "아, 문제가 생겼다."

달로 향하던 아폴로 13호 우주선에서 산소 탱크 하나가 폭발한 것이었다. 이 폭발로 우주선의 전력 공급과 생명 유지 시스템이 심각하게 손상되었다. 특히 이산화탄소 제거 시스템이 망가지면서 우주비행사들은 생명의 위협을 받기 시작했다. 아폴로 13호의 임무는 달 탐사에서 생존으로 즉각 변경되었다.

우주비행사들과 지상의 관제센터는 즉각적으로 대처해야 했다. 우주선 내에 쌓이는 이산화탄소를 제거하는 것이 시급했다. 이산화탄소 수치가 치명적 수준에 도달하면 우주비행사들은 의

식을 잃고 결국 사망하게 된다. 생명을 구할 유일한 방법은 달 착륙선에 있는 이산화탄소 세정기를 사용하는 것이었으나, 두 시스템의 연결 규격이 달랐다. 하나는 원형이고 다른 하나는 사각형이었다.

우주비행사들과 관제센터는 두 시스템을 연결하기 위해 쓸 만한 재료들을 긁어모으기 시작했다. 이미 우주로 떠난 우주선 안에서 구할 수 있는 재료는 한정적이었다. 우주복에서 호스를 떼어냈다. 비닐봉지와 책자의 표지, 덕 테이프도 동원되었다. 우주비행사들은 호스를 이용해 원형과 사각형 필터 사이에 연결 통로를 만들었고, 비닐봉지로 추가 밀봉을 강화했다. 덕 테이프로 모든 것을 견고하게 고정했지만, 아직 미세한 틈이 남아 있었다. 그때 등장한 것이 바로 양말이었다. 양말을 끼워 틈새를 완벽하게 막은 후 우주비행사들은 떨리는 마음으로 시스템을 작동시켰다.

이산화탄소 여과 장치가 작동하자마자 우주선 내의 이산화탄소 수치가 급격히 떨어지기 시작했다. 우주비행사들은 안도의 숨을 쉴 수 있었고, 결국 안전하게 지구로 귀환하는 데 성공했다. 이 사건은 '성공한 실패'의 전형적인 예로 남았다.

주인의 모자란 판단력으로 구매된 내 책들은, 본래 태어난 목

언젠가 본래의 용도로 사용될 날을 기다리는 필자의 책들.

적과 다르게 살고 있다. 서랍장 높이를 맞추고 있는 소설책 A, 필요할 때마다 사라지는 냄비 받침대를 대체하는 요리책 B, 그리고 도둑이 들면 제일 먼저 집어들 무기 《코스모스》.

그런데 생각해 보면 우주비행사들의 목숨을 살린 건 발을 덮는 대신 호스 틈새를 막았던 양말이었다. 비상용 무기가 된《코스모스》도 언젠가 나의 삶에서 결정적인 역할을 할 날이 올지도 모른다. 그러면 지레 겁먹고 못 사고 있는 특수 무기들도 당당하게 살 것이다. 《카라마조프가의 형제들》이라던가, 《안나 카레니나》라던가.

물론, 양말의 제 역할은 발을 따뜻하고 편하게 감싸주는 일이다. 아폴로 13호의 물건들도 본래의 용도로 사용될 때 가장 가치가 있다. 비상 상황보다는 평범한 일상이 더 낫다. 내 책들도 마찬가지다. 지금은 부수적인 역할을 충실히 수행하고 있어서 주인으로서 만족하지만, 언젠가는 제대로 읽히기를 기대하고 있다. 그날이 오면, 글을 쓰면서도 글을 읽지 않는 것에 대한 부끄러움도 조금은 가셔 있을 것이다. 그러면 나도, 우주인들도, 책장에 숨어 있는 냄비 받침도 모두 평안해질 것이다.

02

남매의 골디락스 존

선혜는 나와 가장 비슷하게 생긴 여자다. 눈은 작고 코는 넓적하며 웃을 때 눈이 반달이 된다. 우리는 키도 발도 큰데 깡말라서 학창 시절엔 언제나 길쭉한 해골 같았다. 하지만 스무 살이 된 선혜가 자취를 시작하며 살이 15kg이나 찌자 체형이 많이 달라졌다. 물론 15년이 지난 지금 나 역시 15kg이 찌며 비슷한 통통이가 되어 버렸다. 이것이 유전인가 보다. 같은 부모에게서 같은 유전자를 받았으니 할 말이 없다.

누나와 나는 가족이지만 원수보다 더 많이 싸웠다. 초등학생 때는 발차기를 해대며 싸웠고, 중고등학교 때는 세상 거친 말들을 서로의 얼굴에 뱉었다. 한 번도 이긴 사람이 나오지 않았지만,

하루도 싸움이 멈춘 날은 없었다.

절정은 함께 자취를 하게 된 대학생 때였다. 둘 다 서울에서 대학을 다닌 탓에 아버지는 엄명을 내렸다.

"전세방 하나 얻어 줄 테니까, 양쪽 학교 중간쯤에서 같이 살아!"

집은 별 볼일이 없었다. 가축 냄새가 콧속을 찌르는 마장동 시장에서 15분을 걸어 올라가야 하는 언덕의 반지하 방이었다. 그래도 다행히 방은 두 개였다. 서로의 얼굴을 반강제로 보지 않아도 되니 집에 빛이 안 들어도, 하수구에서 쥐가 나와도 썩 맘에 들었다. 그런 집에서도 나와 선혜는 방을 하나씩 나누어 살며 관성처럼 으르렁댔다.

그러던 어느 날이었다. 산 좋고 물 좋은 골짜기 폭포 아래에서 수행 중인 수도승에게나 가야 할 깨달음이 오배송되어 나에게 와 버렸다. 왜 그런 날이 있지 않나. 특별한 계기가 있던 것도 아닌데 갑자기 모든 일이 잘될 것 같은, 뭐든지 해낼 수 있을 것 같은 기분이 드는 날. 아침 수업을 단골로 빼먹는 주제에 저녁 술자리는 빠지지 않는 한심한 먹보 대학생 생활에서 벗어나 유튜브에 등장하는 성공한 사람이 될 수 있을 것 같을 때. "You can do anything"이 명치에 꽂혀 지난날의 게으름과 손절하고 새사람으로 태어나야겠다고 다짐하게 되는 때. 그런 순간이 성령처럼 온 것이다. 나는 그 깨달음 아래 생각했다. 천 리 길도 한 걸음부터다. 매일 늦잠을 자서 허겁지겁 뛰쳐나가는 탓에 아침을 먹은 적도 없지 않은가. 내일은 아침 식사부터 하리라!

그날 밤 나는 경건하게 샤워를 마쳤다. 그리곤 누렇게 찌든 밥솥에 정성스럽게 씻은 쌀 반 컵을 넣고 예약 취사를 눌렀다. 내일 아침이면 구수한 밥 냄새가 포근하게 나를 깨울 것이고 내 인생도 변화할 것이다. 무한도전을 재생하고 잠들던 (구)승현의 악습도 버린 채 고요하게 잠들었다.

다음 날 아침이 되었다. 나는 계획대로 아침 7시에 일어났다. 반지하라서 햇빛이 들지는 않았지만 어렴풋이 밝은 창문이 썩 맘에 들었다. 차분히 밥솥으로 걸어갔다. 그리고 새출발의 깃발을 뽑듯 밥통을 열어젖혔다.

그런데 웬걸, 밥이 없었다. 분명히 밥이 된 흔적은 있는데 밥통은 텅 비어 있었다. 싸늘한 예감이 들었다. 당장 핸드폰을 들어 선혜에게 전화를 걸었다.

"혹시 내 밥 먹었어?"

"밥통에 있던 거? 먹었지. 근데 밥을 왜 이렇게 조금 했어? 한 주걱 푸니까 없더라."

"아니, 미쳤냐고. 도대체 내 밥을 왜 먹어!!!!"

　내 평계는 천문학이야

"왜! 밥통에 있으니까 먹지! 그러니까 누가 그렇게 조금만 하래?"

그것은 그저 밥이 아니었다. 새출발의 신호탄이었고 깨달음의 첫걸음이었으며 모든 나태와 태만을 단절하는 제물이었다. 그것을 홀랑 까먹고 선혜는 제 학교로 도망간 것이다.

우리는 밥 한 공기를 시작으로 인생에서 가장 험한 강도로 미친 듯이 싸웠다. 빈 밥통을 손에 쥔 나는 '에이 무슨 새출발이냐, 잠이나 자자'며 분노에 싸인 채 잠들었다. 빈약하게 쌓인 깨달음의 탑을 스스로 깨부수고 한심한 먹보 대학생으로 남은 것이다. 나는 그렇게 두어 달을 더 빈둥대다가 군대를 가 버렸다. 입대하기 전까지도 나와 선혜는 한 번도 마주하지 않았다. 그때는 원수보다 선혜가 미웠다. 싫었다. 어찌하여 아버지는 누이를 낳고 나 또한 낳았단 말인가, 한탄했다.

하지만 세상의 명약은 시간이라고 했던가. 2년에 가까운 군생활을 하다 보니 전역할 때쯤엔 악감정은 홀연히 사라지고 그저 가족이라는 사실만 남았다. 문제는 군대를 전역하자마자 아버지가 다시 한번 말을 걸어왔다는 것이다.

"승현이 군 전역하면 대학에 복학해야 할 텐데, 그럼 다시 같이 살아야지. 집 좀 알아봐."

나와 선혜는 세상이 멸망한 듯 목이 쉬도록 비명을 질러 버렸다.

천문대에 오는 아이들은 'ABCDEFG'를 외치듯 천문학의 알파벳을 외친다. 수금지화목토천해! 태양과 가까운 순서로 행성을 늘어놓는다. 우주에서 순서만큼 의미 없는 것도 없지만 적어도 태양계 안에서는 중요하다. 태양과 너무 가까우면 불타는 행성이 돼 버리고, 너무 멀면 얼음 행성이 돼 버리기 때문이다. 나는 종종 아이들에게 지구의 기가 막힌 위치 선정에 대해 말한다.

"지구보다 태양에 한 칸 더 가까운 금성의 온도는 무려 500℃까지 올라가!"

"와, 가자마자 바비큐 통구이가 되겠네요?"

"당연하지! 반대로 지구에서 한 칸 더 먼 화성에 간다면 추울 땐 영하 140℃가 된다구!"

태양은 우주에선 먼지 한 톨에 지나지 않은 아주 작은 별이지만 이쪽 태양계 동네에선 절대 군주에 가깝다. 에너지의 근원이자 생명의 시작이다. 그렇다고 가까이하면 멸망을 면하기 어렵다. 지구보다 태양에 가까운 수성과 금성은 피자를 굽는 화덕 안보다 뜨겁다. 불지옥을 피하겠다며 태양과 멀어지는 것도 문제다. 꽤 살만하다고 여겨지는 화성은 태양과 조금 더 멀다는 이유로 평균온도가 영하 80℃니 말이다. 해왕성은 말해 무엇하랴, 평균온도가 영하 214℃나 된다.

다행히 지구는 인간이 문명을 이뤄낼 정도로 태양과 적절히 떨어져 있다. 항성 주변에 물이 존재할 수 있을 만큼 적당히 따뜻한 영역을 '골디락스 존'이라고 부른다. 지구는 태양의 골디락스 존 안에 있는 것이다. 아무리 생명의 근원이자 에너지의 본질인 태양이라고 하더라도 적당한 거리가 필요하다.

나는 가족에게도 그런 거리가 필요하다고 믿는다. 부대껴 사는 게 가족이라지만, 적당히 머리가 커서 협력에 한계가 온 가족이라면 조금 떨어져 있어야 한다. 적당한 온기가 주변을 감싸고, 무심하게 쏟아낸 날카로운 말도 무디게 전달될 정도의 거리. 그 거리를 찾는다면 생일 때 보고 싶고, 명절에 만나고 싶은 가족이 다시 될 수 있지 않을까?

다행히 내가 전역한 후에 나와 선혜는 함께 살지 않았다. 파업이라도 하듯 머리띠를 두르고 격렬하게 소리친 덕분이었다.

"우리가 같이 살면 간신히 찾아온 가족의 평화는 깨질 겁니다."

"맞아요. 누나와 저 중 한 명이 없어질지도 몰라요."

결국 가족의 평화를 위해 우리는 따로 살게 되었다. 남은 대학 생활은 더 이상 누가 밥통을 비웠냐며 싸우지 않아도 되었고, 설거지를 누가 하느니, 하나 남은 라면을 왜 먹었느니, 화장실에서 썩은 내가 난다느니, 쓰레기를 누가 내다 버리느니 따위로 싸울 일도 없었다. 한 번씩 서글픈 일이 생기면 서로에게 전화를 하는 정도의 적당한 온기마저 풍겼다. 지금 우리는 일 년에 다섯 번 정도 만나는 가족이 되었지만 그 어느 때보다 사이가 좋다. 골디락스 존은 가족에게도 있는 것이다.

03

망설여진다면 식기세척기

"잘 받아 적어. 결혼에 가장 필요한 것은 결혼식장이나 예복 따위가 아니야. 바로 로봇청소기와 건조기 그리고 식기세척기야."

나는 결혼을 앞둔 친구 S에게 눈을 부릅뜨고 말했다. 친구는 전쟁을 앞둔 장수처럼 결연한 표정을 지었다. 그리곤 무엇이든 외우겠다며 구구단처럼 되뇄다.

"로봇청소기, 건조기, 식기세척기."

"옳지."

"그런데 로봇청소기는 편하고 건조기는 위생상 좋다고 치자. 식기세척기도 필수야?"

"당연하지."

"식기세척기는 깨끗하게 안 된다던데. 말라붙은 밥풀은 미리 한 번 손으로 닦아야 한다며. 그럴 바엔 그냥 설거지를 하는 게 낫지 않나?"

S의 말에 나는 혀를 끌끌 찼다. 과거의 나를 마주한 느낌이었다. 와이프가 식기세척기를 사야겠다고 말했을 때 한 치도 다름없이 말했다. "세척기 그거, 그릇 넣기도 귀찮고 세척도 잘 안된다던데…. 살 필요가 있을까?" 하지만 그것은 너무 안일한 생각이었다.

주말을 고대하는 나는 잠자리에 들며 상쾌한 일요일을 꿈꾼다. 내가 꿈꾸는 주말이란 이런 것이다. 정오쯤 맑은 햇살을 받으며 기지개를 켜고 일어난다. 행복한 기분으로 따뜻한 아메리카노를 한 잔 내려 마신다. 정갈하게 보관된 냉동 크로플(크루아상+와플) 반죽을 와플 기계에 넣어 굽는다. 그 위에 딸기와 블루베리, 아이스크림을 얹어 브런치를 먹는 거다. 시작이 반이다. 피로와는 안녕하고 달콤하게 시작하는 주말은 해가 저물 때까지도 달달하게 나를 채운다.

하지만 현실에서 그런 일은 쉽게 일어나지 않는다. 나는 보통 12시쯤 내가 가진 주름을 몽땅 이마에 전시하며 일어난다. 몸은 찌뿌둥하기만 하다. 눈 밑엔 흑곰 두 마리가 앉아 있다. 햇살은 없다. 암막 커튼을 쳐 놨으니까. 부엌으로 나와도 다를 건 없다. 여전히 어두컴컴하고 싱크대엔 설거짓거리들로 피사의 사탑이 세워져 있다. 높이는 롯데타워, 두께는 동대문 DDP와 견줄 만하다. 그곳엔 10년 묵은 묵은지 냄새가 폴폴 난다. 그 장면을 마주한 순간 커피든, 크로플이든 먹고 싶지 않다. 그저 부엌이라는 공간을 외면하고 소파에 누워 TV를 켜는 것이다. 그러니 내 주말을 망치는 범인은 분명 설거지다.

도대체 설거지는 왜 이렇게 폭발하는 것일까. 먹은 건 한 끼인데 그릇은 왜 10개일까. 아무래도 늦은 밤 찬장에 있던 그릇을 누군가 몽땅 싱크대로 던져 버리는 게 분명하다. 그래도 식기세척기는 왠지 믿음이 가지 않는다. 손으로 해야 더 뽀득뽀득할 것 같은 기분도 그렇지만 그 커다란 식기세척기를 어디에다 둘 것이며, 돈은 또 어디서 난단 말인가. 어머니는 식기세척기 없이도 한평생 부엌을 깨끗하게 지켰다. 나도 그렇게 해낼 수 있을 것 같다. 식기세척기, 꼭 사야 할까?

1990년, 미국과학재단 NSF_{National Science Foundation} 는 엄청난 결정을 앞두고 있었다. NSF는 라이고_{LIGO} 프로젝트라는 이름의 대규모 과학 프로젝트를 최종 승인하기 전에 심사하고 있었는데, 이 프로젝트의 총 건설비용은 약 2억 1,100만 달러, 우리 돈으로 약

두 블랙홀이 충돌하기 직전의 상상도. ©SXS(Simulating eXtreme Spacetimes) Project

블랙홀이 충돌하며 생기는 중력파의 상상도. ©LIGO/T. Pyle

3천억 원에 달했다. 이처럼 큰 규모의 단일 프로젝트에 대한 예산을 승인받는 것은 NSF로서도 전례 없는 일이었다.

라이고 프로젝트의 목적은 아인슈타인의 상대성이론에서 예측한 '중력파'를 실제로 찾아내는 것이었다. 중력파란 마치 호수에 돌을 던지면 생기는 물결처럼, 우주에서 큰 질량의 물체가 움직일 때 시공간에 생기는 파동이다. 하지만 이 파동은 너무나도 미세해서, 관측된 사례가 없었다. 라이고 프로젝트를 통해 중력파가 발견된다면 천문학계에는 그야말로 축제일 것이다.

하지만 일부 천문학자들은 거세게 반발했다. NSF가 이미 검증된 기술이 아닌 도박에 돈을 쏟아붓는다는 것이었다. 라이고 프로젝트에서 사용되는 관측기기는 기존에 사용되던 바 검출기가 아닌 레이저 간섭계를 이용한 방식이었고, 총건설비도 NSF의 천문학 예산보다 2배나 많았다. 새로운 시도는 좋지만, 결국 돈은 돈대로 쓰고 성과는 없을지 모른다는 부정적인 전망과 우려가 쏟아졌다.

천문학계는 고민에 빠졌다. 중력파 관측이라는 거대한 과학적 성과를 위해 불확실하게 담보해야 하는 것이 너무도 많았다. 다행인 것은 와이스Rainer Weiss와 드레버Ronald Drever, 킵 손Kip S. Thorne과 같은 유수의 천문학자들이 라이고의 원리인 대형 레이저 간섭계의 긍정적인 연구 결과를 발표했다. 새로운 도전에 대한 응원의 목소리도 과학계에서 속속들이 등장했다. 그 결과 여러 비판의 목소리에도 불구하고 라이고 프로젝트는 최종 승인되었다.

"중력파를 관측했습니다!"

그로부터 25년이 흐른 2015년 9월 14일, 라이고 연구진은 중력파를 감지했다고 발표했다. 두 개의 블랙홀이 충돌하며 생긴 중력파였다. 다시 말하면 13억 년 전에 저 먼 우주에서 충돌한 두 블랙홀의 파동을 관측해 낸 것이다. 이 중력파를 검출해 내려면 4광년 떨어진 별까지의 거리를 재는 데 머리카락 한 올의 굵기 차이도 구분해 낼 수 있어야 했다. 라이고가 그런 정밀도를 가진 것이다. 2017년, 라이고 연구진은 중력파 검출의 공을 인정받아 노벨 물리학상을 받았다. 중력파를 예견했던 아인슈타인도 반대편 하늘에서 씨익 웃고 있었을 것이다.

많은 반대에 부딪힌 라이고였지만 고집과 도전 그 중간쯤에서 학자들은 과학 진보에 성공했다. 만약 돈이 많이 든다는 이유로, 기존에 사용하던 기술이 아니라는 이유로 라이고 프로젝트를 포기했다면 중력파의 검출은 다음 세대로 미뤄지지 않았을까?

정확히 그런 이유는 아니지만, 결국 나도 식기세척기를 샀다. 설거지의 품질을 걱정했지만 역시 진보된 기술은 훌륭했다. 내

내 펑계는 천문학이야

가 이어폰을 끼고 설렁설렁 손으로 한 설거지보다는 훨씬 깔끔했다. 그릇들이 구석구석 빈틈없이 닦였다. 식기세척기를 돌리기 귀찮아 손으로 닦고 만다는 사람도 있지만, 내게는 '세탁기 돌리기가 귀찮아서 손빨래한다'는 말처럼 들렸다. 그릇들을 몽땅 안에 던져 넣고 알약 같은 세정제만 하나 넣어 주면 끝이었다. 덕분에 설거지에 잠식당한 나의 주말은 간편하게 회복됐다.

언젠가 PT 선생님이 말했다. "몸이 변하지 않는다면 다른 것을 변화시켜야 해요. 식단을 바꾸든, 운동 시간을 바꾸든, 운동 방식을 바꾸든 뭔가는 바뀌어야 결과가 바뀝니다." 나는 이 말을 감히 진리처럼 여긴다. 변화를 원하면 무언가 다른 선택을 해야 한다. 식기세척기와 라이고를 보면 알 수 있다. 아, 물론 언제나 문제는 용기보단 지갑 사정이니 무리는 하지 않아야겠지만.

04

우주 쓰레기 뱃살

고구마 한 박스가 생겼다. 나는 고기와 쌀밥에 미쳐 날뛰는 흔한 30대 비만(진)이지만, 언젠가는 고구마+닭가슴살 식단을 해야겠다고 다짐해 왔다.

추석이 막 지난 아침, 샤워하고 나오자 화장실 문 앞에 체중계가 떡하니 놓여 있었다. 와이프가 무게를 재고 둔 것인지 한동안 잊고 살던 내 무게를 깨우쳐 주기 위해 놓은 것인지는 모르겠지만, 도저히 그 위에 올라서고 싶지 않았다. 지난날의 폭주들을 숫자로 확인하고 싶지 않았기 때문이다. 하지만 두려움은 호기심을 누르지 못했고, 나는 판도라의 상자를 조심스레 밟았다. 분명히 사뿐히 올라섰는데, 체중계는 치명타를 맞은 듯 84kg이라는 숫자를 토해 냈다. 인생 최대의 몸무게였다.

기껏 상쾌하게 샤워를 마치고 나와 똥을 밟은 기분이었다. 거울을 보니 배는 가슴을 추월했고, 앙상해진 팔과 다리만 거대한 몸뚱이에 붙어 있었다. 스티븐 스필버그는 상상력으로 ET를 만들어 낸 것이 아니었다. 눈앞에 보이는 ET를 바라보며 '저놈도 몸짱이 될 수 있을까?' 하는 허무한 생각이 잠시 스쳤다. 걱정보다는 결정이 필요한 순간이었다. 곧장 고구마 다섯 개를 집어 들고 에어프라이어로 향했다. 통 안에 고구마를 무심히 떨어뜨렸다. 온도는 180℃, 시간은 20분을 맞추고 작동시켰다. 에어프라이어는 뭔가 쓸쓸한 소음을 내며 고구마 향을 퍼뜨렸다. 식단이 시작된 것이다. 불행도 식단도 영화처럼 한순간에 다가온다.

"지구의 새로운 달일 수도 있습니다."

2002년 9월, 미국 애리조나의 한 아마추어 천문가는 밤하늘을 관측하던 중 10~50m로 추정되는 작은 천체를 발견했다. 그 천체는 달보다 느린 약 50일을 주기로 지구를 공전하고 있었다. 이 천체는 천문학자들의 관심을 불러일으키기에 충분했고, 곧장 J002E2이라는 이름이 붙여졌다. 영국 BBC 방송은 지구를 도는 새로운 위성일 수 있다며 기쁜 듯 보도했다.

하지만 진실은 조금 달랐다. 조사 결과 이 '새로운 달'은 사실

1969년에 발사된 아폴로 12호 우주선의 잔해였다. 새턴V 로켓의 분리된 3단 연료통이 미니 달 행세를 하다가 들통이 난 것이다. 이 발견은 우주 쓰레기 문제를 다시 한번 세상에 상기시켰다.

1957년 러시아가 스푸트니크 위성을 쏘아 올린 이래로, 만여 개의 위성이 우주로 발사되었다. 이 위성들은 자동차와 마찬가지로 수백 개의 부품으로 이루어져 있다. 이는 위성 하나가 수백, 수천 개의 우주 쓰레기로 변할 수 있다는 말이기도 하다. 인류 과학기술의 정점인 인공위성은 잠재적 우주 쓰레기다.

우주 쓰레기는 이제 헤아릴 수 없이 많아졌다. 우리가 우주로 날려 보낸 위성들은 마치 자동차가 수백 개의 부품으로 분해되듯 수많은 작은 부품들로 변해 우주를 떠돌고 있다. 이 우주 쓰레기들은 총알보다 빠른 속도로 우주를 날아다니며 위성이나 다른 우주선을 위협한다. 지난 수년간 우리를 괴롭혔던 코로나바이러스는 단 한 명의 최초 확진자에서 시작됐다. 우주 쓰레기 역시 필연적으로 더 많아질 것이다. 상상해 보자. 수억 개의 총알이 날아다니는 우주, 점진적으로 파괴되는 인공위성, 더 이상 로켓을 쏘아 올릴 수 없는 환경. 조금 과장하자면 우리는 지구에 갇히고 말 것이다.

이 문제를 해결하기 위해 세계 여러 나라들이 노력 중이다. 영

우주 쓰레기에 포위된 지구의 상상도.

국은 대형 그물로 쓰레기를 잡겠다는 계획을, 유럽 우주국은 로봇팔이 장착된 위성을 통해 우주 쓰레기를 포획하겠다는 계획을 세웠다. 미국은 우주 쓰레기를 방치한 미 위성 방송사에 벌금을 부과하여 '우주도 깨끗이 사용해 주세요'라는 메시지를 전하고 있다.

우리나라도 2027년까지 우주 쓰레기 포집 위성을 발사할 계획이다. 임무는 1992년 발사한 우리나라 최초의 위성 우리별 1호를 지구로 귀환시키는 것. 우리별 1호는 우주에서 충분히 노력했으니 이제 집으로 돌아와 휴식을 취할 시간이다. 더구나 이미 수명을 다해 우주 쓰레기가 된 우리별 1호를 다시 지상으로 데려오는 과정에서 우리는 우주 쓰레기를 포착, 추적, 회수할 수 있는 기술도 완성하게 될 것이다. 누리호라는 자체 로켓 기술을 가진 우주 강국으로서 응당 해야 하는 멋진 결정이라고 생각한다.

물론, 이미 쌓인 수많은 우주 쓰레기와 앞으로 생길 잔해들을 지금의 방법으로 모두 해결하기엔 역부족이다. 마치 집 안에 계속 쌓이는 짐들을 한 번에 다 정리하려고 하는 것처럼 말이다. 아무리 열심히 해도 어디선가 또 새로운 쓰레기가 생겨난다. 그렇다고 포기할 수는 없다. 중요한 건 우리가 이 문제를 인지했다는 것이다. 시작이 반이다. 그렇지 않은가? 넋 놓고 있지는 않으니까, 결국 조금씩은 해결해 나갈 것이다. 불현듯 다가온 어려움에 맞서기 시작했다는 사실만으로도 이미 큰 의미가 있다.

다행히도 나의 닭가슴살 식단은 아직 이어지고 있다. 닭가슴살을 먹으면서 삼겹살도 먹는다는 사소한 문제가 있지만, 괜찮다. 때로는 식단이 엉망이라는 과정보다 식단을 시작했다는 결과가 정신 건강에 이롭다. PT 선생님은 극대노하겠지만, 의사 선생님은 반가워하지 않을까? 서른 중반의 청년은 매 순간 '아, 살 빼야지' 하고 다짐하는 친누이 같은 아저씨가 되었다. 운동의 질보다는 헬스장에 출석했다는 사실에 뿌듯하고, 오늘 총 몇 칼로리를 먹었는지보다는 그중 한 끼가 닭가슴살이었다는 데 만족한다. 역시 인생에 완벽한 계획 같은 건 별로 없다. 무엇 하나에라도 행복을 느끼니 괜찮은 삶인 걸까? 좀처럼 실망하거나 기죽지 않는 성격이 되어 버려서 다행이라는 생각을 하며 오늘도 닭가슴살과 삼겹살 구매 버튼을 동시에 누른다. 우주 쓰레기도, 내 뱃살도 언젠간 사라지길 바라면서.

05

예쁜 건 왜 이렇게 비쌀까?

'예쁜 건 왜 이렇게 비쌀까?'

나는 우아하지만 더럽게 비싼 애플 컴퓨터를 쳐다보다 토닥토닥 자판을 두드렸다.

'감성은 돈을 지불했을 때 가장 빨리 다가오니까.'

그렇게 써 놓고 보니 정말 그런 것 같았다. 스타벅스 커피를 손에 들고 걸을 때 더 감상적이니까. 피 같은 월급을 쏟아 떠난 파리에서는 길거리의 쓰레기통에서도 낭만이 피어나니까. 즉, 돈으로 감성을 사는 거다. 그 순간의 가치를 내가 결정한다.

그런 터무니없는 핑계와 감각적인 낭비 정신으로 어제 유럽행 비행기를 끊었다. 팬데믹 이후 첫 여행 계획이다. 에라 모르겠다, 하고 2주간 렌터카도 예약해 버렸다. 500만 원이 훌쩍 넘는 금액을 카드로 긁으며 마음으로 울었다. 무슨 감성값이 이리도 비싸단 말인가. 텅장이라는 말로는 부족하다. 텅텅텅텅텅텅장 정도는 되어야 내 잔고를 설명할 수 있다. 이러다간 은행에서 전화가 오는지도 모를 일이다. "어차피 계좌는 완전히 비었는데, 필요 없으시다면 삭제해 드릴까요?"

사실 절약이라는 관점에서 보자면 두 명이서 유럽을 렌터카로 여행하는 것은 사치다. 적당히 열차와 버스를 섞어 타며 여행하는 것이 훨씬 저렴하다. 특히 유럽 내 비행기는 제주도 항공권 엉덩이를 걷어찰 만큼 싸다. 짐만 없다면 스위스에서 스페인까지도, 프랑스에서 이탈리아까지도 단돈 3만 원이면 갈 수 있다.

하지만 나는 그렇게 합리적으로 살아오지 못했다. 독서를 하려면 따뜻한 향기가 필요하다며 최고급 하와이 코나 커피 원두를 내려 책상 위에 놓고, CD를 틀 기계도 없으면서 크러쉬 앨범을 사는 인간이다. 공짜로도 볼 수 있는 주황 노을을 보겠다고 방콕의 고층 레스토랑에 지불한 식사비가 호텔 숙박비보다 더 비쌌다. 과연 돈보단 낭만인 것이다. 국경을 통과하는 유럽의 감성을 차창 너머로 바라보겠다는 허세 하나로 나의 계좌는 다시 한 번 짓이겨졌다.

별똥별.

아이들과 밤하늘의 별빛을 세던 어느 여름밤이었다. 초롱거
리는 별들이 모두 저마다의 색으로 반짝이며 제 주변의 어두움
을 흔들고 있었다. 어느 곳에서 시작되어 어떤 우주까지 나아갈
지 모르는 빛이었다. 몇몇 작은 별들은 어두움을 덮고 눈만 빼꼼
내밀어 지구를 구경하고 있었다. 망원경 너머론 수십씩 모여 찬
란함을 뽐내는 녀석들도 있었다. 마치 이보다 더 화려할 수 있겠
냐는 듯, 태양계의 수백 배나 되는 거대한 존재감을 과시했다.

그러다 밤하늘을 가로지르듯 별 하나가 긴 선을 그으며 떨어
졌다. 밤하늘을 올려다보는 아이들의 탄성이 터져 나왔다. 별똥

별이라고 부르는 작은 모래 알갱이였다.

별이 태어나는 곳인 성운도, 별이 수천 개 모여 있는 성단도, 별이 수천억 개 군집한 은하도 별똥별 앞에서는 그저 마른 자갈이 된다. 빛을 잃고 누군가의 눈에도 띄지 않는다. 밤하늘을 보면서 아이들에게 배운다. 천문학적으로 가치가 있는 것이 꼭 마음을 울리는 것은 아니다. 좋아하게 되는 데는 이유도 중요하고 가치도 중요하지만, 그저 예뻐서일 때가 더욱 강력하다. 빛을 내며 떨어지는 모래 알갱이가 수억 배 더 큰 별들보다 환영받는 것처럼.

통장을 탈탈 비우고 대신 감성을 채워 떠나려는 자동차 여행은 아직 시작도 하지 않았다. 하지만 여행의 반은 예약이라 하지 않았던가. 피눈물을 흘리며 예약한 렌터카는 일종의 '낭만 무기'가 되어 나를 감성이 꿀처럼 흐르는 세계로 데려다줄 것이다. 그날이 오면 오늘의 나를 끄집어내어 잔뜩 칭찬해 마지않을 것이다.

역시 항공권을 질러 놓고 쓰는 핑계 글이 제일 부끄럽다.

06

낭만의 주정뱅이

나는 술을 사랑한다. 술을 사랑한다고 말하는 일은 부담스럽다. 누군가 나를 고주망태로 볼 것 같고, 술에 취해서 난동을 피우는 사람처럼 보일까 무섭고, 자극적인 향락에만 몰두하는 사람으로 비칠까 걱정된다.

누군가에게 술은 그저 악마다. 코가 비뚤어지게 마시고는 이마에 넥타이를 맨 부장님을 상상하거나, 골방에 들어앉아 3일 동안 감지 않은 머리를 벅벅 긁으며 술병을 기울이는 모습을 떠올린다. 주변인과의 관계를 망치고 몸에도 좋지 않은 백해무익한 독약인 것이다.

하지만 세상에는 술이 있어서 유지되는 관계도 있다. 시간이

갈수록 친구는 점점 사라진다. 8명이서 매달 모이던 고향 친구들 모임은 박살이 나버렸다. 8명의 시간을 맞추는 일이 다트를 던져 8번 연속 정중앙을 맞히는 일보다 어렵다는 걸 깨달았기 때문이다. 결국 시간이 맞는 친구라도 보기 위해 모임은 점점 작아졌고, 기어코 일대일로 봐야 하는 일도 많아졌다.

하지만 30대 중반의 남성들은 사회성이 점차 결여되어 카페에 가서 노닥노닥 이야기를 나눈다거나 학창 시절처럼 코인 노래방에 가 한이 맺힌 듯 노래하는 것을 상상하기 어렵다. 그저 저벅저벅 걷다가 "뭐 하지?"라는 말밖에 할 줄 모르는 메마른 존재가 된 것이다. 하지만 술은 한 잔의 오아시스 같아서 메마른 둘 사이를 촉촉하게 적신다. "한잔할까?"라는 말로 우정을 재확인하고, 술값을 계산할 때 카드를 먼저 내미는 것으로 우정을 과시한다. 삐걱대는 대화의 윤활유가 되어 주는 커피가, 공원의 벤치가, 맛있는 저녁 식사가 내게는 술이다.

요즘 내 동네 술친구는 승욱이다. 동네에 친구가 그뿐인 것도 이유지만, 승욱도 술을 좋아한다. 승욱과는 갓 스무 살, 대학에 입학하자마자 힙합 동아리에서 만났다. 문제는 승욱이 빠른 년생이었다는 것이다. 지식 대신 자존심만 머릿속에 가득 들어찬 스무 살 남자들에게 빠른 년생은 마치 지뢰 같다. 실수로라도 뇌관을 건드리면 관계는 폭발한다. 하지만 소탈하고 넉살 좋은 승욱과 가까워지고 싶어 나는 그를 곧장 형으로 인정해 버렸다. 그렇게 10년의 시간을 넘어 지금도 술잔을 함께 기울이고 있다.

"진짜 와인이 영롱하더라니까? 바로 입에 털어 넣을 뻔했다고."

얼마 전 유럽에 다녀온 후 승욱을 만났다. 나는 프랑스 남부의 고즈넉한 와이너리에서 영롱하게 빛나는 레드 와인을 보고는 곧장 입에 털어 넣고 싶었지만, 통장 뒤에 붙은 '0'의 개수가 생각나서 겨우 참았다고 말했다. 진심이었다. 그때 고주망태가 되도록 마시지 못한 아쉬움이 돌이 되어 아직도 가슴 한편이 무겁다.

내 하소연을 들은 승욱은 "이 바보야, 항공료를 생각했어야지! 그건 10만 원짜리 와인이 아니라 150만 원짜리 와인이었다고!"라며 이미 지나간 열차가 황금 열차였음을 굳이 알려주었다. 나는 유럽에서 와인을 내려놓은 나의 미련함을 자책했다. 생각할수록 90% 바겐세일을 놓친 것 같고, 지출을 줄인 통장이 오히려 마이너스가 된 것 같았다. 선택을 실패한 자의 후회와 회한, 무지와 분함으로 멘탈이 20,931조각으로 나눠진 후에야 나는 "맥주나 마저 마시자"라며 승욱과 잔을 부딪쳤다. 우리는 술을 마시면서도 술을 이야기했던 것이다.

"승현아, 어떡해. 치료 방법이 더 이상 없대."

5년쯤 전에 승욱이 메시지를 보내왔다. 어머니가 췌장암 말기라고 했다. 세상에서 가장 사랑하는 어머니가 병원 침대 위에서 끝을 알 수 없는 고통에 짓눌린 채 힘겨운 싸움을 하고 있다고, 그저 어머니 옆에 지키고 서 있는 것 말고는 할 수 있는 게 없다고 했다.

그의 말이 귀에 닿은 순간 몸이 그대로 작동을 멈췄다. 어쩔 줄 몰랐다. 누군가가 느끼는 짐작할 수 없는 고통을 위로하기에 나는 너무 어렸다. 경험도 부족했다. 어떤 말을 해야 하는지 감이 오지 않았다. 대신 영양제 한 통을 사서 곧장 병원으로 달려갔다. 병원에는 180cm가 넘는 거대한 곰이 다크서클을 달고 나를 맞이했다. 승욱이었다. 그 안쓰러운 모습에도 반가워서 빠르게 웃으며 인사했다. 그리곤 영양제를 건네며 말했다. "이건 형이 먹어, 형도 몸 챙겨야지." 승욱은 고맙다고 짧게 말하고 웃었다.

우리는 별말 없이 병원 휴게실에 앉아 시답잖은 얘기들을 나눴다. 사실 어떤 얘기를 나눴는지는 기억이 나지 않는다. 무슨 말을 해야 할지 몰라 어버버했던 것은 기억난다. 얼마 지나지 않아 승욱의 어머니가 떠나셨을 때도, 장례식장에서 만났을 때도, 그 뒤에 몇 번 더 만났을 때도 어머니 이야기만 나오면 병원 로비에서의 순간을 되풀이했다. 어버버하며 별 뜻 없는 대화만 나누고 헤어졌다. 둘 다 위로나 대화에는 젬병이었던 탓이다.

얼마 전 승욱은 술잔을 부딪치다가 뜬금없이 말했다.

"승현아. 그거 알아?"

"뭐?"

"넌 나한테 무조건이야."

"그게 뭔데?"

"엄마가 아파서 입원해 있을 때도, 돌아가셨을 때도 네가 한달음에 달려와 줬잖아. 뭘 해줘야 할지 모르겠지만 그냥 내가 보고 싶어서 왔다고 했을 때, 병원 8층 문이 열리고 네가 있었을 때, 나

내 핑계는 천문학이야

는 그게 세상에서 제일 큰 위로였어. 말보다 행동이 그랬어. 그래서 넌 평생 나한테 무조건이야. 무조건."

승욱은 간질거리는 한마디를 던지고 아무렇지도 않게 내 술잔에 제 술잔을 부딪쳤다. 사실 할 수 있는 게 그것뿐이었다. 어쭙잖게 그날을 다시 위로하거나 그때의 나를 섣부르게 칭찬할 수도 없었다. 우리는 별말 없이 청하 한 잔을 입에 털어 넣고 잠깐의 정적과 마주했다. 달짝지근한 술이 목구멍을 넘어 뱃속에서 찰랑거릴 때쯤이 돼서야 끝내주는 맛집 얘기로 닫힌 말문을 다시 열었다.

나는 그 순간 술이 한 뼘 더 좋아졌다. 낯간지러운 얘기를 술 덕분에 할 수 있었다. 술잔은 종종 감정의 징검다리가 된다. 평소에는 말하기 어려운 미안함과 용서, 사랑과 고마움을 지고 술잔이라는 돌다리를 한 칸씩 밟고 건너 상대방에게 줄 수 있다. "술 없이 말해야 진심이지, 술 먹고 말하면 그냥 술기운 아니야?"라고 비난하는 사람도 있다. 아쉽게도 난 맨정신에 간질거리는 마음을 전할 만큼 성숙하지 못했다. 서른의 발음은 마치 서어른 같아서 어른이 되어야만 할 것 같은데, 그 나이가 한참 지나도 어른이 되지 않았다. 진심을 전하는 데 건배가 필요한 조금 덜 자란 청년이 되어 버렸다. 그래도 좋다. 곱하기가 필요하다면 계산기

를 쓰거나 연필로 끄적이며 풀어도 된다. 꼭 암산으로 곱하기를
해야만 정답은 아닐 것이다.

곱게 담은 마음을 용기 내 전할 수만 있다면, 맨정신이든 술잔
을 거치든 문제를 풀어낸 게 아닐까? 그런 합리화를 하면서 오늘
도 맥주 한 캔을 들이켠다.

남자 둘이 잔을 부딪치며 이야기를 나눌 때, 나는 이 술자리가
우정의 미끄럼틀쯤 된다는 것을 느낀다. 그것은 즐거움이 되기
도 하고, 때때로 화가 되기도 한다. 그러나 당첨 확률이 800만 분
의 1인 천 원짜리 복권을 사고도 한 주를 설레는 사람들처럼, 나
는 지금 들고 있는 잔을 최대한 만끽하겠다고 다짐한다. 그리고
승욱처럼 고마운 사람들에겐 고맙다고 말할 수 있는 주정뱅이가
될 것이다.

07

NASA는 왜 스페이스X에
뒤처졌을까?

한 달에 용돈 30만 원. 그중에 밥값 15만 원과 가족 회비 5만 원을 제외하면 10만 원 남짓 남는다. 현금을 써야 하는 세차나 발레파킹, 주차비를 쓰고 나면 제대로 쓸 수 있는 용돈이랄 것이 정말 마지막 잎새처럼 간당간당하게 지갑에 매달려 있다. 팍팍한 유부남의 삶에 은혜로운 지은의 목소리가 한 줄기 빛처럼 지갑을 비췄다.

"책이나 글로 번 돈은 나한테 주지 말고 오빠가 써."

"응? 정말?"

"응. 일하고 돌아와서 쉬어야 할 시간에 열심히 쓴 건데, 그 열정을 응원하는 마음에서라도 그래야지."

그때부터였다. 출간을 위해 밤을 꼬박 새우며 글을 쓰거나 책을 편집해도 지치지 않았던 것이.

돈이라고 해봤자 몇 권이 팔릴지 가늠도 되지 않을 만큼 존재감 없는 무명작가의 인세가 얼마나 하겠나. 본업으로 버는 월급이 제주도 크기라면, 글로 버는 돈은 그 안의 돌하르방 하나쯤 될 거다. 책을 써서 생활을 영위하는 전업 작가는 그야말로 대한민국 작가의 1%뿐이다. 그러니 내가 돈을 버는 수단으로 글을 쓰겠다는 것은 알통을 키우겠다며 하루 종일 양치질을 하는 것과 같다. 방향이 영 틀렸다.

하지만 '돈을 벌려고 글을 쓴다'와 '글을 쓰면 용돈도 생긴다'는 전혀 다른 문제다. 언덕 위에 있는 학교에 다니다 보니 어부지리로 종아리 근육이 좋아졌던 우리의 과거가 있다. 그러니 쓰는 것이 즐거운 사람에게 작은 용돈이라는 희망은 커다란 열망으로 이어지는 것이다. 수익 구조의 변화는 나의 글쓰기 삶에도 많은 변화를 불러왔다.

우주 개발의 변화 역시 구조의 변화에서 비롯됐다. 미국 항공우주국 NASA는 1969년 아폴로 11호를 달에 착륙시키며 우주 패권을 장악했다. 이어 국제우주정거장(ISS)을 건설하고 우주인을 우주에 거주시키는 데도 선봉장 역할을 해왔다. '우주 기술 =

　　　　내 핑계는 천문학이야

2014년 NASA가 쏘아 올린 화물 로켓 안타레스. 발사 직후 폭발했다. ⓒNASA

NASA'란 공식은 40여 년 동안 불문율처럼 지구인들의 뇌리에 새겨졌다.

하지만 NASA의 아성이 무너지는 데는 민간 우주 기업이 출범한 후 고작 6년밖에 걸리지 않았다. 2002년 민간 우주 기업인 스페이스X가 창설된 후로 말이다.

NASA가 국제우주정거장에 생수 1kg을 보내는 비용은 무려 천만 원이 넘는다. 물 한 병이 최고급 와인보다 비싸지는 '마법의 배송비'다. 10kg짜리 아령 하나만 보내도 배송비로만 1억 원이

드는 것이다. 로켓 배송을 진짜 로켓으로 하다 보니 생기는 슬픈 배달비 폭탄이랄까?

하지만 스페이스X는 재사용할 수 있는 로켓 팰컨 9과 팰컨 헤비를 개발해 우주 배송비를 1kg당 200만 원으로 대폭 낮췄다. 현재 개발 중인 스타십(거대 로켓)은 10번 재사용 시 운송비를 1kg당 3만 원까지 낮출 수 있다. 어떻게 민간 기업인 스페이스X가 국가 기관인 NASA의 기술을 단시간에 앞설 수 있었을까?

답은 그들의 계약 방식에 있다. NASA는 제조사와 '실비정산 계약'을 맺었는데, 이게 참 묘하다. 제조 비용에 10% 이윤을 얹어 주는 시스템이다. 예를 들어 과자 한 봉지를 500원에 만들면 이윤은 50원이지만, 5천 원에 만들면 이윤은 500원이 된다. 여기서 당신이 과자 회사 사장이라면? 아마도 자연스럽게 제조 비용을 늘리려는 유혹에 빠질 것이다. 과자를 잘 만드는 것보다 비싸게 만드는 데 머리를 쓸 게 뻔하다.

NASA와 협력하는 제조사들도 똑같았다. 더 많은 인력을 고용하고, 비슷한 품질의 부품을 비싸게 구입하며 경비를 늘리는 데 열을 올렸다. 1990년 NASA와 일하던 마틴 마리에타(현 록히드 마틴의 전신)는 본사 직원만 1만 4천 명에 달했다. 공장엔 천 명 넘는 인력이 있었다. 우주 기술을 만드는 게 아니라 인건비 폭탄

2022년에 스페이스X의 팰컨9 로켓이 NASA의 우주인들을 국제우주정거장(ISS)으로 수송하는 장면.
©NASA/스페이스X

을 쏘아 올린 셈이다.

결국 로켓 제작비가 치솟으니 실패 부담도 커졌다. 실패하면 대형 사고니까 제조사들은 안전성에 집착하게 됐다. 그 결과, 이미 검증된 부품만 쓰는 '도돌이표 기술'이 고착화됐다. 재사용 로켓 개발 같은 혁신은 뒷전으로 밀려날 수밖에 없었다.

반면 민간기업인 스페이스X는 자체 돈으로 로켓을 발사하기 때문에 경비 절감에 목숨을 걸었다. 가격을 비교하고, 효율적인 제조사를 찾으며 발사 비용을 절약했다. 더불어 혁신적인 기술 개발에 몰두했다. 그 결과 스페이스X는 100번 이상 재사용 가능한 로켓을 만들어 냈다. NASA가 매번 새 접시를 사고 버렸다면, 스페이스X는 접시를 설거지해 다시 쓰는 셈이다.

스페이스X의 발걸음은 여기서 멈추지 않는다. 2박 3일간의 우주여행을 여행 상품으로 민간에게 판매하기 시작했다. 지구 어디서든 인터넷이 가능해야 한다며 1만 2천 개의 위성을 쏘아 대고 있다. 일개의 회사가 인류의 우주 개발을 선도하고 있는 것이다. 모든 것이 '구조' 때문만은 아니겠지만, 구조는 발전의 방향과 속도를 결정짓는 중요한 요소임이 분명하다.

"글로 번 수익은 오빠 거야."

와이프의 그 한마디 이후로 나는 두 권의 책을 더 냈다. 한 권은 마음에 쏙 드는 출판사와 계약을 맺었다. 또 다른 한 권은 마음을 꼭 담은 출판사를 직접 차려서 낸 책이다. 2년도 채 되지 않아서 두 권을 냈으니 얼마나 많은 새벽을 뜬 눈으로 보냈을지 짐작 가능하리라. 더불어 강연이나 내 삶의 방향을 결정해 준 많은 사건이 일어났음은 자명하다. 용돈으로 사 먹는 꿀맛 같은 위스키 한 잔은 덤이다.

나는 속물이 아니라고 믿으며 살았지만, 쓰고 보니 세계 최강의 속물이 바로 나인 것 같다. 물론 글을 쓰거나 책을 편집해 온 시간에 편의점 아르바이트를 했다면 수십 배를 더 벌었을 것이다. 책을 더 내며 글쓰기 실력이 비약적으로 좋아졌다거나, 작가로서의 유명세가 늘어난 것도 아니다. 다만 내가 사랑하는 '글'이라는 분야에서 더 많은 일을 경험할 수 있게 되었다. 지갑의 두께와는 별개로 말이다. 아, 물론 아주 별개는 아니다.

08

통장은 비었어도 실패는 우아하게

"수강료로 월급을 다 탕진할 작정이야?"

내가 코딩 수업을 듣겠다고 하자 친구 A는 고개를 절레절레 흔들며 말했다. 그의 말에 내가 현재 듣고 있는 강좌들을 속으로 헤아렸다. 글쓰기, 영어 회화, 인디자인, 독서 모임, 헬스 PT…. 나열하고 보니 통장이 아려 왔다. A의 말이 맞다. 이렇게 수업을 듣다간 노후를 라면 국물로 연명해야 할지도 모른다.

좀 줄여야 하나 싶다. 배우는 건 많지만 제대로 할 줄 아는 게 없다. 영어 회화는 몇 넌째 어버버고, 디자인은 미적 감각의 한계를 뼈저리게 느끼고 있다. 전국의 독서 모임 참여자 중에서는 내가 제일 책을 안 읽을 것이다. 헬스는… 할 때마다 몸이 여기저기 아프다. 이런 몸뚱이를 어쩌면 좋을까요?

작년 초에도 갑자기 배우고 싶은 것이 생겼다. 연기였다. 나는 차를 타고 가다가 와이프에게 뜬금없이 말했다.

"나 연기 배워야겠어."

옆에 탄 지은은 바람을 타고 날아온 연기 학구열에 손사래를 치며 말했다.

"왜 갑자기?"

"난 천문학 강사잖아. 학생들한테 그리스 로마 신화나, 천문학자들의 발견을 들려줄 때 연기력이 필요해."

"그렇다고 뭘 연기 학원씩이나?"

"그냥."

이유를 몇 가지 더 대 봤지만, 사실 '그냥'이라는 한마디가 가장 마음에 들었다. 연기가 해 보고 싶었다. 집 앞에 맛집이 생기면 한번 가보듯, 나는 곧장 연기 학원으로 달려갔다. 나는 연기 학원이 "진행시켜!" 같은 영화 대사를 따라 하며 소리치는 곳인 줄 알았다. 하지만 유명한 대사를 흉내 내자 선생님은 즉시 말했다.

"연기는 따라 하는 게 아니라, 본인의 목소리를 내는 일이야. 유명한 대사를 하더라도 네 스타일대로 해 봐."

하지만 연기라는 것을 처음 접해 본 인간에게는 스타일이랄 것이 없었다. 나는 발 연기를 넘어 발냄새 나는 연기를 선보였다.

마네킹 같은 표정으로 로봇 목소리를 내고 있는 나를 보더니 선생님도 나와 비슷한 표정이 되었다. 그리곤 가르침보단 수치심이 필요하다고 판단하셨는지, 나의 연기를 동영상으로 찍어 보여 주셨다. 그 영상을 보면서 녹음된 내 목소리를 처음 들었을 때의 충격을 다시 한번 느꼈다. 이게 정말 나라고?

그 충격은 비단 나만의 것은 아니었다. 나를 지켜보는 다른 학생들도 모두 어쩔 줄 몰라 했다. 결국, 부끄러움과 재능의 한계를 넘지 못하고 두 달 만에 연기 학원을 그만뒀다. 두 달 치 수강료는 무엇을 위해 쓰인 걸까? 차라리 삼겹살이나 몇 번 더 먹을걸.

관제센터는 정적이었다. 베네라 7호가 금성 표면에 착륙을 시도하는 순간, 소련의 과학자들은 숨을 죽이고 있었다. 앞서 베네라 1호부터 6호까지의 탐사선은 모두 실패하거나 연락이 끊겼다. 관제센터는 사실상 고급 우주 장비의 무덤을 또 하나 늘릴 마음의 준비를 하고 있었다.

그러나 베네라 7호가 금성 표면에 도착했다는 신호가 관제센터에 전달되자 엔지니어들은 일제히 환호했다. 인류가 만든 기계가 다른 행성에 최초로 착륙한 순간이었다. 하지만 그 기쁨도 잠시, 베네라 7호는 단 23분 만에 연락이 끊겼다. 23분 만에 수십억짜리 탐사선이 사망했다.

원인은 금성의 극심한 환경이었다. 금성 표면의 온도는 500°C에 달하고, 대기압도 지구보다 90배나 높았다. 기압은 공기가 가하는 압력을 말한다. 이를 쉽게 이해하기 위해 무게로 환산해 보면, 지구에서는 땅 1평 위에 약 33톤의 공기가 바닥을 누르고 있다. 다 큰 아프리카코끼리 5마리가 올라선 것과 같다. 그런데 금성에서는 이 압력이 90배나 되기 때문에 금성의 1평 땅 위에는 아프리카코끼리 450마리가 서 있는 것과 같은 어마어마한 공기 압력이 가해진다. 베네라 7호는 이 극한의 압력과 온도를 견디지 못하고 결국 망가졌다.

과학자들의 표정이 한순간에 굳었다. 수천억이 든 금성 탐사 프로젝트가 일곱 번 연속 실패했다. 그러나 이어진 천문학자들의 발표는 놀라웠다.

"우리는 탐사선이 찌그러지고 고장 날 정도로 금성이 척박한 환경임을 확인했습니다!"

이런 태도를 보며 나는 감탄했다. 실패가 성공이 될 수도 있다니, 신박해서 무릎을 내려칠 정도였다. 이런 초긍정의 사고라면 천문학자들에게는 실패라는 게 있을 수 없을 것이다. 화성에서 감자

베네라 7호.

금성. ©NASA

농사를 짓다가 폭삭 망해도 그들은 이렇게 말할 것이다. "우리는 화성에서 감자를 키우는 것이 어렵다는 사실을 알아냈습니다."

연기 학원에 다니면서 얻은 것은 '나는 연기를 하면 안 되는 인간이구나' 하는 부끄러움 정도다. 하지만 그 덕에 내 일이 더 좋아졌다. 세상에는 내가 잘하는 일, 좋아하는 일, 그리고 해서는 안 될 일이 있다는 것을 깨달았기 때문이다. 발냄새 나는 연기를 통해 현재 하고 있는 일이 정말 나에게 어울린다는 것을 알게 되었다.

그럼에도 꾸준히 배우는 데 월급을 탕진하는 이유는 하나다. 배움에서 신선함을 느끼기 때문이다. 어떤 사람은 명상만으로도 삶의 신선함을 찾지만, 나는 유튜브 없이 3분만 고요해도 이상함을 느낀다. 드라마도, PC 게임도 두 시간이 넘으면 지루해진다. 그래서 무언가를 배울 때 싱싱하게 전해지는 활력, 그 느낌이 좋다.

이번 달에는 계획대로 코딩을 배울 것이다. 코딩 강좌를 추가하며 통장은 비고 노후는 불안하며 하루는 더 짧아지겠지만, 나는 믿는다. 신선하게 반짝이는 순간들이 나를 더 생명력 넘치는 사람으로 만들어 줄 것이라고. 방 정리도 제대로 못 하는 주제에 논리적인 규칙을 쌓아가는 코딩을 어떻게 해낼지 의문이지만, 괜찮다. 혹 한계를 느낀다 해도 천문학자들처럼 뻔뻔하게 말해 볼 테다. "저는 코딩을 잘할 수 없는 사람이라는 것을 알아냈습니다."

나는 천문학을 정말 애정한다. 천문학자들의 태도도 좋다. 이번 달에도 무언가에 실패하는 데 돈을 쓸 것이다. 그리고 무언가를 배울 것이다. 아, 이토록 우아한 실패라니.

09

달리는 북악산 패션 테러리스트

우리 집은 북악산 자락에 있다. 언덕배기 집에 살게 되면 평지에서는 느낄 수 없던 러너Runner로서의 게으름과 지독한 불편을 겪게 된다. 당장이라도 뛰고 싶은데 뛰려면 하천이 있는 평지로 차를 타고 내려가야 하기 때문이다. 이것은 중랑천 변에 살 때는 겪어 보지 못한 일이다. 그때는 그저 러닝화 끈을 질끈 매고 문을 박차고 나가면 곧장 시원한 바람과 애매한 구린내를 맡으며 뛸 수 있었다. 5cm짜리 코드를 꽂는 것이 청소의 가장 큰 걸림돌이기 때문에 다이슨이 1등 기업인 세상이다. 뛰기 위해 5m 길이의 승용차를 운전하는 일은 불가능에 가깝다.

나는 언덕 집에서도 '곧장 러닝'을 해 보겠다며 하천까지 뛰어 내려갔지만, 남은 것은 족저근막염과 병원비 영수증뿐이었다. 러너에게 평지 집은 건축물의 연식과 관계없이, 언제든 내가 원하는 순간에 문을 박차고 달려 나갈 수 있는 발사대인 셈이다.

난 현실을 인정했다. 집에서 뛰어 내려갈 만큼 내 몸은 단단하지 못했다. 뛰기 위해 차를 끌고 내려갈 만큼 부지런하지도 못했다. '집에 가서 신발만 갈아 신고 바로 나와야지' 하고 현관문을 여는 순간, 소파는 거대한 잠자리채가 되어 나를 편안함이라는 망 속에 가뒀다. '러닝보다는 휴식이 건강에 더 좋은 게 아닐까?' 따위의 합리화를 하며 소파에 널브러져 있게 되는 것이다.

그래서 러닝화를 신고 다니기로 했다. 다시 한번 말하지만, 난 전기선을 꽂는 것이 싫어 다이슨 청소기를 산 사람의 표본이다. 신발을 차에 챙겨 두는 것만으로는 나의 보잘것없는 러닝 의지가 깨어나지 않는다. 즉시 뛸 수 있는 준비가 되어 있어야 마음이 찼을 때 바로 뛸 수 있을 테니까, 그러니까 러닝화를 신고 다녀야 했다.

출근을 준비하며 검은색 카라티와 슬랙스 그리고 러닝화를 신었다. 정장 바지에 러닝화를 신자니 뭔가 패션 테러리스트가 된 것 같았다. 사실 틀린 말도 아니었다. 패션 감각은 원래 없었다. 회색 운동복에 갈색 구두를 신었다가 치과 의사 선생님에게도 비웃음을 샀던 나다. 그러니 내가 지켜야 하는 것은 본래 없었던 패션 감각이 아니라, 미약하나마 존재했던 러닝의 빈도인 것이다.

"외계인도 우리처럼 9 to 5 근무를 하는 거야?"

파크스 전파 망원경의 신호를 들여다본 천문학자들은 당황했다. 그들은 정체를 알 수 없는 전파 신호를 2007년부터 포착하기 시작했다. 특히 2015년에만 수백 개의 전파 신호가 포착되었다. 게다가 별들이 자연적으로 내는 신호처럼 보이지도 않았다. 천문학자들은 흥분했다. 드디어 우리가 외계 문명의 신호를 받은 것인가?

그 신호들은 두 가지 주파수 대역에서 발생했다. 대부분은 2.4㎓(기가헤르츠) 대역에서 발생했고, 간헐적으로 1.4㎓ 대역에서도 신호가 포착되었다. 특히 1.4㎓ 대역은 천문학자들에게도 생소한 전파였다. 과학자들은 왜 두 주파수에서 신호가 나타나는지 이해할 수 없었다. 더구나 신호는 거의 주간 근무 시간 동안에 발생했다. "외계인도 우리처럼 아침 9시에 출근해서 저녁 5시에 퇴근하는 건가?" 천문학자들은 괜한 농담을 주고받으며 혼란스러워했다.

천문학자들은 신호의 정체를 밝히기 시작했다. 먼저, 신호가

호주 뉴사우스웨일스주에 위치한 파크스 천문대의 모습. ©D0a5l0e6, CC BY-SA 4.0 라이선스

잡히는 시간과 주파수의 패턴을 세심하게 분석했다. 매 신호 발생 시각과 주파수를 기록하고, 이를 통해 규칙성을 찾으려 했다. 새로운 신호가 발생할 때마다 다른 관측 장비를 사용해 추가로 확인하고, 데이터 로그를 정밀 분석했다. 전파를 발생시킬 수 있는 천문대 안의 모든 전자 기기를 점검하고, 가능성 있는 모든 원인을 배제해 나갔다. 매일매일 쌓여가는 데이터를 통해 신호의 원인을 좁혀 갔다.

결국 2015년, 그들은 진실을 밝혀냈다. 그동안 그들을 혼란스럽게 했던 신호의 기원은 다름 아닌 천문대 주방의 전자레인지였다. 전자레인지는 음식을 데울 때 강한 전파를 발생시키는데, 그 주파수는 2.4㎓ 대역에 해당한다. 이 전파는 전자레인지 내부에 있는 마그네트론이라는 장치가 만들어 낸다. 마그네트론은 전자를 빠르게 움직여 마이크로파를 발생시키고, 이 마이크로파가 음식 속 물 분자와 충돌하면서 열을 발생시켜 음식을 따뜻하게 만든다.

그런데 전자레인지 문을 갑자기 열 때 문제가 발생한다. 예를 들어, 전자레인지를 30초 예약해 놓고도 남은 3초를 못 참고 문을 확 열어 버릴 때 말이다. 이럴 때 마그네트론이 정상적으로 꺼지지 않고 갑자기 멈추면서 1.4㎓ 대역에서 일시적으로 전파가 발생한다. 이러한 전파가 천문대에서 미확인 신호로 포착된 것이다. 몇 년 동안 풀리지 않던 우주의 미스터리가 사실은 점심시간에 데워 먹은 피자 때문이라니! 외계 문명의 신호라며 흥분했던 과학자들은 허무함에 웃음을 터뜨릴 수밖에 없었다.

이 사건 이후 전파 천문대에서는 전자레인지는 물론, 모든 전자 기기의 사용이 엄격히 통제되었다. 천문학자들은 연구 중에는 휴대폰도 끄고, 와이파이 신호도 차단했으며, 심지어 커피포트도 사용 금지 리스트에 올렸다. 주방에는 전자레인지 대신 가스레인지가 설치되었고, 관측소 주변에는 전자파 차단 장치가 추가로 설치되었다. 외계 문명의 신호를 잡기 위해선 방해가 되는 인간의 전파를 먼저 통제해야 했다. 마치 내가 러닝을 하기 위해 변명 거리를 없앤 것처럼.

러닝화를 신고 다니면 하루는 이렇게 달라진다. 퇴근하는 길에 러닝 트랙이 있는 성북천 근처에 차를 댄다. 신발은 이미 섹시하고 날렵한 블랙 러닝화. 좁은 차 안에서 낑낑대며 반바지로 갈아입은 뒤 차에서 내린다. 밤하늘엔 예쁜 반달이 기울게 떠 있다. 발목을 두어 번 성의 없이 돌려 주고는 서서히 달리기 시작한다. 처음 1km는 행복하고 그 뒤로는 내내 고통스럽지만 그래도 행복하다. 오늘은 뛰었으니까.

아 물론 위는 상상이다. 러닝화를 신은 후로 하루가 정말 달라졌을까? 그럴 리가. 나는 그저 슬랙스에 러닝화를 신고 다니는 사람이 되었다. 러닝의 빈도는 딱히 달라지지 않았다. 달라진 것이라고는 러닝화의 구매 주기뿐이다. 뛸 때만 러닝화를 신었을 때는 2년도 신었는데, 괜히 매일 신고 다녀서 애먼 러닝화만 닳았다. 결국 6개월 만에 새 러닝화를 또 샀다. 또 이렇게 892,649번째의 창조 소비가 이뤄졌다.

매일 뛰지 않고 집에 들어서며 러닝화를 벗을 때마다 '왜 러닝화를 신고 나갔지' 하는 부끄러움이 들었다. 뛰는 건 장비보단 의

지의 문제구나 싶다. 벽에 걸려 있는 다이슨이 무색해지는 밤이다. 하긴, 저놈을 샀다고 청소를 더 자주 한 것도 아닌 것 같다.

그래도 러닝화를 신는 매 순간 나는 약간의 희망을 품는다. 집을 나서며 오늘 밤 시원하게 달릴 생각을 한다. 마치 천문학자들이 전자레인지 신호를 포착하고도 '외계인의 신호를 잡은 게 아닐까?' 하고 설렌 것처럼. 우리의 삶은 작은 희망과 착각으로 채워진다. 오늘은 그저 슬랙스에 어울리지 않는 러닝화를 신은 사람이었더라도, 내일은 정말 뛸지도 모른다.

10

좋아, 밀과 토마토부터 재배해!

집안의 분리수거함을 열면 '일주일 동안 내가 이렇게 많은 것을 소비했구나'를 인정하게 된다. 플라스틱: 이렇게도 많은 배달 음식을 해치웠고, 캔: 내 뱃속으로 들어온 맥주와 콜라의 양이 물보다 많았으며, 박스: 택배 아저씨가 우리 집을 나와 비슷한 빈도로 드나들었구나 싶다.

일주일 동안 쌓인 재활용품들을 내놓으려고 가득 찬 비닐들을 챙겨 집 밖으로 나가면 괜히 부끄럽다. 분리수거를 지켜보는 경비 아저씨가 '저 집은 배달 음식으로 거덜 나겠어. 뭔 놈의 플라스틱이 저렇게 한 다발이래' 할 것 같달까… 그래서 분리수거를 할 때마다 도둑놈처럼 발소리를 죽이고 다가가 미션을 수행하는 톰 크루즈처럼 캔 떨어지는 소리가 안 나게 조심스레 쏟아 붓고 돌아온다. 그래서인지 저금통은 비어 있으면 불안한데 집 안에 모아 두는 분리수거함은 비어 있으면 신이 난다.

여느 때처럼 플라스틱을 와르르 쏟아내며 지난날의 과소비를 반성하던 밤이었다. 분리수거장에는 유럽의 대농장에서 밀을 재배할 때 쓸 것 같은 미니 수영장만 한 자루들이 늠름하게 서 있었다. 자루마다 플라스틱, 비닐, 박스 등이 가득가득 차 있었다. 그 위에 탑처럼 내 플라스틱을 붓다가 문득 생각했다. 이걸 내가 다 소비했다고?

"자급자족 프로젝트에 참가하시겠습니까?"

1991년, 여덟 명의 과학자는 계약서에 사인한 후 애리조나 사막에 있는 기이한 건물로 걸어 들어갔다. 건물의 이름은 바이오스피어 2, 프로젝트의 이름도 바이오스피어 2다.

바이오스피어 2는 지구 환경을 그대로 재현한 거대한 유리 돔 안에서 외부의 자원 없이 2년 동안 생존하는 실험이다. 남자 넷, 여자 넷이 이 시설에 들어가 완전히 격리된 채 생활했다. 이들은 열대우림, 사바나, 사막, 맹그로브 습지, 산호초 등 다양한 생태계에서 스스로 식량을 재배하고, 물과 공기를 재활용하며, 폐기물을 처리하는 자급자족 생활을 시작했다.

내 평계는 천문학이야

바이오스피어 2의 외부 전경과 내부에 있는 과학자들.
내부는 외부와 공기가 통하지 않을 정도로 완벽하게 밀폐되어 있다.
Image courtesy of the University of Arizona, ©University of Arizona

"피자가 먹고 싶어!"

"좋아, 그럼 밀과 토마토부터 재배해야겠네."

"?"

실제로 그랬다. 바이오스피어 2 안에서 모든 것을 해결해야 했던 과학자들은 피자를 먹기 위해 직접 피자를 만들어야 했다. 그들이 피자를 먹기까지의 과정은 그야말로 험난했다. 첫 단계는 밀을 키우는 일이었다. 밀을 심고 거름을 주며 정성을 다해 길렀다. 그런 후 밀을 수확해 탈곡하고 갈아 밀가루로 만들었다. 이 과정만 4개월이 걸렸다. 밀가루를 만들고 나서야 겨우 피자 도우를 만들 수 있었다.

피자 위에 올릴 재료들도 준비해야 했다. 토마토, 고추, 양파를 재배했다. 치즈를 얻기 위해서는 염소를 길러 젖을 짜냈다. 지독히 번거로운 과정을 거쳐 피자를 만든 제인 포인터는 당시를 이렇게 회상했다.

"치즈가 하늘에서 뚝 떨어지는 게 아니에요. 염소가 있어야 하고, 수정해서 새끼를 낳아야 해요. 염소들이 새끼에게 우유를 주면 우리는 그 우유로 치즈를 만들어요. 다시 말하면 치즈를 만들기 위해 염소를 임신시켜야 한다고요!"

그들은 피자를 먹기 위해 농부가 되고, 요리사가 되고, 재료를 옮기는 배달부가 되어야 했다. 그리고 나서야 비로소 피자를 한 조각 먹을 수 있었다.

피자를 만들 때만 그런 것은 아니었다. 잘 때를 빼고는 모든 시간을 생존하기 위해 써야 했고, 매일 다양한 직업으로 살아야 했다. 이들은 하루 평균 네 시간 동안 농사를 짓고, 세 시간은 무언가를 만들고, 연구하고, 고치는 데 보냈다. 요리하는 데 두 시간, 가축을 돌보는 데는 한 시간 반이 걸렸다. 나무와 습지, 미니 초원과 사막을 관리하는 데도 두 시간이 소요됐다. 이 모든 활동이 실험이었기 때문에 보고서를 작성하는 데에도 세 시간을 썼다. 이들은 농사꾼이자 사육사, 과학자이자 행정가, 요리사이자 청소부가 되어야 했다. 요즘 유행하는 N잡러의 원조는 그들이다. 이렇게 다양한 직업을 가진 그들은 2년 동안 바이오스피어 2에서 지내며 우주에서 인간이 장기간 생존할 수 있는가에 대한 가능성을 탐구했다.

과학자들을 보며 나는 문득 생각에 잠겼다. 참깨 빵 위에 순쇠고기 패티 두 장을 얹기 위해 참깨와 밀, 소를 길러야 한다면? 나는 아마도 채식주의자가 되고 말 것이다. 고기 없이 하루도 못 지내는 나지만, 육체노동을 줄이기 위해서라면 적당히 상추와 배추를 씹어 먹고 살지 않을까?

다행히 세상에는 수많은 직업이 있고 각자의 일이 있다. 누군가는 밀을 경작하고, 누군가는 비닐을 만들고, 누군가는 포장하고, 누군가는 배달하고, 나는 구매한다. 우리는 사실 혼자 해야 할 일을 전 세계인과 나누어 하고 있는 셈이다. 나는 이렇게 아낀 시간 덕에 나를 조금 더 필요로 하는 곳, 이를테면 별을 알려 주는 천문대에서 일한다.

소비는 단순한 낭비가 아니라 누군가의 직업을 만들어 주는 일이다. 내가 마신 맥주 캔 하나가 누군가에게는 생계를 유지하게 하고, 내가 주문한 배달 음식이 또 다른 누군가에게는 하루의 의미를 부여한다. 그러니 분리수거함을 열 때마다 느끼는 작은 부끄러움은, 사실 우리가 서로의 삶을 지탱해 주는 증거다. 내 소비는 이 세상 곳곳에서 수많은 사람의 손길을 거쳐 온 결과물이다. 그래서 오늘도 나는 기꺼이 소비한다.

내 핑계는 천문학이야

뛰다가 숨이 차 걸은 주제에 낭만 타령한다고 하면 할
말은 없다. 사실이니까. 다만 멈추면 비로소 보이는 것
들이 나에게도 있었다. 그것은 즐거움이기도 하고 강
변의 낭만이기도 하며 트랙 위에 퓨마 브랜드처럼 누
워 있는 고양이와의 조우이기도 하다. 혹시 천체 사진
을 찍다가 구름이 들어온대도 별빛을 만났던 순간을
더 귀중하게 여기는 사람이 되고 싶다. 앞으로도 뛰다
가 종종 멈추겠다는 말이다. 그러면 다시 뛰고 싶은 마
음마저 들 것이다.

3장

천문학으로
위로하기

01

다이어트의 역설

자취를 하던 대학생 시절에 "집 나오면 먹는 게 부실할 텐데…. 집밥 많이 생각나지?" 하며 어머니는 항상 걱정하셨다. 그럴 때마다 나는 깜짝 놀라며 깨달았다. '아, 집밥이란 것이 있었지?' 어머니께는 죄송하지만 집밥이 간절했던 적은 없다. 어머니의 식탁은 토끼 친화적인 나물 밥상이었고, 나는 티라노사우루스 못지않은 육식파였기 때문이다. 삼겹살집 이모님을 어머니 삼아, 치킨 배달부를 삼촌 삼아 행복한 고기 문화를 경험하고 있었으니 집밥이 생각날 리가. 먹여 키운 아이들이 이 모양입니다. 어머니 죄송합니다.

이 모든 게 다 고기를 너무 좋아한 탓이다. 살면서 고기 때문

에 혼난 적이 한두 번이 아니다. 열공한답시고 괜히 새벽까지 독
서실에 머물던 고3 시절, 집에 돌아오니 부엌에 진한 국물의 돼
지고기 김치찌개가 뚝배기에 모셔져 있었다. 나는 고민 없이 고
기만 골라 먹었다. 배부르고 등 따시게 잠든 다음 날 아침, "악!"
하는 어머니의 비명이 내게로 향했다.

"이놈 시키야, 돼지고기 김치찌개를 끓였는데 그냥 김치찌개
가 됐잖아!"

오죽하면 두 번째 책을 편집해 주신 마음의숲 출판사 편집자
님도 주기적으로 보내는 원고를 보고는 소스라치게 놀라며 말씀
하셨다. "작가님, 이제 고기 얘기는 그만, 그만! 제발 그만요!" 그
런 말을 듣고도 지금 고기 얘기를 쓰고 있다. 제가 얼마나 육식을
사랑하는지 아시겠죠?

이런 내가 다이어트를 시작했다. 재작년 받은 건강 검진이 화
근이었다. 건강 검진 결과에는 의사의 소견이 간결하게 쓰여 있
었다. '콜레스테롤 수치가 높습니다.' 수치를 자세히 살펴보니 정
상 범위보다 고작 1%가량 높았다. 나는 '이 정도면 사실상 정상
이지' 하고 안도했지만 와이프의 생각은 달랐다. 지은은 소견서
를 써 준 의사처럼 간결하게 말했다.

"다음 건강 검진 때에도 콜레스테롤 수치가 높으면 지금처럼
은 고기 못 먹을 줄 알아."

흥선대원군에 못지않은 지은의 고기 쇄국정책은 위협적이었다. 나의 건강을 생각해 주는 사람이 있다는 것은 매우 감사하지만, 나의 혓바닥은 생각이 다를 것이다. 하지만 주사위는 던져졌다. 건강 검진은 이번 달로 다가왔고 콜레스테롤 수치를 낮추지 못하면 그동안 지켜온 고기 민주주의는 힘없이 스러지고 말 것이다. 그러니 건강 검진 때까지만이라도 지방이 많은 고기를 끊어야 한다. 사랑해 마지않는 나의 치킨 동생과 등심 형님, 삼겹살 친구들까지 모두 잠깐의 안녕을 고해야 한다. 고기를 먹기 위해 고기를 끊어야 한다니, 정말 아이러니한 일이 아닐 수 없다.

2015년, 러시아 우주인 겐나디 파달카Gennady Ivanovich Padalka는 신기록을 세웠다. 879일간 우주에서 미션을 수행하며 '우주에서 가장 오래 머문 사람'이 된 것이다.

우주 공간은 인간에게 꽤나 해롭다. 무중력이나 정서적인 문제도 있지만, 가장 위협적인 것은 태양에서 쏟아지는 다량의 방사선에 직접적으로 노출된다는 점이다. 실제로 지구에 살고 있는 우리의 피방사선량은 연간 3~5mSv(밀리시버트)에 불과하다. 반면 국제우주정거장(ISS)에 거주하는 우주인들은 연간 100배나 많은 300mSv의 방사선에 노출된다. 무중력으로 인한 근육 및 시력 약화, 골밀도 감소도 옵션처럼 뒤따른다.

이 때문에 NASA는 우주인들이 우주에 머무는 기간을 최장 6개월 정도로 제한한다. 피폭되는 방사선량을 조절하기 위해서다. 권고에 따라 국제우주정거장에 머무는 우주인은 일정 시간이 지나면 다시 지구로 귀환한다. 파달카도 마찬가지였다. 879일이라는 오랜 시간 동안 우주에 머물렀지만, 6개월 정도가 되면 다시 지구로 내려와 몸을 회복했다. 꾸준히 쌓여가는 방사선량에 '잠시 멈춤'을 선언하는 것이다. 무중력 공간에 머물며 손상된 근육을 회복하는 시간도 갖는다. 우습게도 우주에 더 머물기 위해서는 우주에서 머무는 것을 잠깐 쉬어야 한다. 덕분에 그는 우주에서 가장 오래 머문 사나이가 되었다.

고기도 마찬가지다. 고기를 오래 먹기 위해서 잠깐 고기를 끊어야 한다. 행복은 '등심 맛' 같은 것이라며 혈관에 끼였던 지방에 잠시 '멈춤'을 선언해야 한다. 그동안 소홀했던 달리기도 좀 해야 한다. 다이어트에 성공해야 순탄한 육식의 삶을 이어갈 수 있다.

고기는 배를 든든하게 채워 주고 내가 생생히 살아 있다는 실감을 느끼게 해줄뿐더러, 가끔 소고기를 입에 넣을 땐 명품백을 혓바닥에 거는 것 같은 자부심마저 느끼게 한다. 하지만 구슬은 꿰어야 보배고, 고기는 먹어야 가치가 있다. 그러니 나는 3주 앞으로 다가온 시험대에서 정상 콜레스테롤 수치를 받아 내고 말 것이다. 식단 조절에 성공하여 거리낌 없이 고기를 마주할 것이다. 다이어트를 시작했는데, 한 것은 고기 얘기뿐이다. 역시 고기는 대단한 것 같다.

02

모태 솔로와 크레이터

"동호야, 넌 연애 안 하냐?"

"안 하냐고 묻기 전에 소개는 한 번 시켜주고 말할래?"

"미안… 나 왕따야."

"왜 내가 여자 소개해 달라고 하면 다 왕따가 되냐…?"

나의 대학 친구 동호는 그 유명한 모태 솔로이다. 모태 솔로라는 말은 누군가를 기죽이기도 하지만 적어도 그게 동호는 아니다. 페라리를 타본 적이 없기 때문에 내가 페라리를 사지 못한 게불편하지 않듯이 동호도 그렇다. 커플이 되지 못해 슬퍼하거나초조해하지 않는다. 모태 솔로이든 호빗쌤(동호의 천문대 닉네임)이든 그저 아이들을 웃기는 도구로 쓰는 멋진 강사일 뿐이다.

그래도 '언젠가 동호도 여자친구가 생기겠지' 하는 막연한 기대를 해왔다. 하지만 대학을 졸업하고 동호 역시 나처럼 천문대에서 일하기 시작해 버렸다. 여기서 '해 버렸다'고 말하는 이유는 천문대 강사는 밤에 일하다 보니 보통 직업보다 새로운 인연을 만나기 훨씬 더 어렵기 때문이다.

동호는 뚝심이 있는 사람이다. 언젠가는 제 짝이 나타날 것이라고 믿었다. 맹렬하게 목적지를 향해 가는 스포츠카처럼은 아니지만, 그렇다고 버스 정류장에 서서 언젠간 버스가 오겠지 하며 하릴없이 기다리기만 한 것도 아니었다. 새로운 인연을 찾기 위해 여러 사람이 있는 곳을 찾아다니기 시작했다. 사진을 찍는 게 취미인 동호는 사진 동호회에 나가서 사람들을 만났다. 하지만 동호에겐 멋진 사진만 남았다. 학원도 다녔다. 훌륭한 지식만 남았다. 간단한 소모임에선 다양한 잡지식을 쌓았고, 소개팅에선 맛있는 음식을 먹고 뱃살만 두둑이 챙겼다. 모든 것이 다 여자친구를 만들기 위한 행위는 아니었지만, 여자친구가 생길 뻔한 적은 전혀 없었다.

누군가는 말했다. 우리나라는 애인이 없으면 위로받는 이상한 사회라고. 나는 동호를 위로하고 싶지도 않고, 위로할 만한 형편도 못 된다. 동호 역시 연애를 집 어딘가에 처박혀 있는 향초처럼 여긴다. 있으면 좋고 없어도 그만인 것이다. 오히려 연애에 목매는 사람과는 달리 항상 행복하고 만족하는 삶을 살아가고 있는 건실한 청년이다. 그래도 나와 동호는 함께 궁금하다. 그의 여자친구는 어디 있을까?

"공룡 멸종은 소행성 충돌 때문입니다!"

1980년대까지도 과학자들은 공룡 멸종의 이유를 두고 계속 논쟁을 벌였다. 당시 주류 의견은, 거대한 연쇄 화산 폭발이 대멸종을 일으켰다는 것이었다. 하지만 과학자 알바레즈Luis Walter Alvarez는 우주를 떠다니던 거대한 소행성이 지구에 충돌하면서 공룡이 멸종했다고 주장했다. 공룡의 대멸종이 일어난 지층에서 엄청난 양의 이리듐이 발견됐기 때문이다. 이리듐은 지구에는 극소량만 존재하지만, 태양계를 떠도는 소행성에는 유독 많은 물질이다.

알바레즈는 발견된 이리듐의 양을 바탕으로 지구에 충돌한 소행성의 크기를 추정했다. 그 크기는 약 10km에 달했지만, 지구의 크기와 비교하면 동전만 한 크기에 불과했다. 사람들은 지구 크기의 1/1200에 불과한 소행성이 지구에 충돌했다고 해서 전 지구의 공룡이 멸종했다는 것을 쉽게 받아들이기 어려웠다. 그 정도 크기로는 뉴욕과 서울에 있는 모든 공룡을 전멸시키기엔 부족해 보였기 때문이다.

결정적으로, 소행성이 충돌한 흔적인 크레이터Crater가 발견되지 않았던 것이 문제였다. 흙바닥을 한 번 걷어차도 땅이 움푹 패는 법인데, 거대한 소행성이 충돌했다면 당연히 커다란 운석 구덩이, 즉 크레이터가 생겼어야 했다. 지름 10km의 소행성이 충돌했다면 지구에 200km 직경의 크레이터를 남겼을 것이다. 양 끝이 서울에서 강릉 거리만큼 되는 초거대 크레이터 말이다. 하지만 그 정도의 거대한 크레이터는 어디에서도 발견되지 않았다.

어느 겨울날, 전날 만들어 둔 눈사람이 박살 난 것을 발견했다고 생각해 보자. 산산조각 난 눈사람을 보면 분명 누군가 와서 주먹질을 해댄 것이 확실해 보인다. 하지만 눈사람 주변에는 그 어떤 발자국도 없다. 새하얗고 평평한 눈밭 안에서 눈사람만 덩그러니 조각난 것이다. 그렇다면 우리는 다른 가능성을 생각하지 않을 수 없다. 강렬한 햇빛이 하필 눈사람에게만 조준되었다거나, 눈사람이 혹독한 야외 생활을 포기하고 스스로를 파괴했다거나….

하지만 범인을 잡아내는 형사는 '어딘가에는 반드시 증거가 있다'고 믿으며 끝까지 물고 늘어지는 진돗개 같은 사람이다. 과학도 그렇다. 결국 끝까지 포기하지 않는 사람이 진실을 밝혀낸다.

"크레이터를 발견했습니다!"

1991년 겨울, 지구물리학자 앨런 힐데브랜드Alan R. Hildebrand는 멕

배링거 크레이터.
지구상에서 가장 잘 알려진 운석 충돌 구덩이 중 하나로 미국 애리조나주 플래그스태프 근처에 있다.

시코 연안 칙술루브 지역에서 180km에 달하는 거대한 크레이터를 발견했다고 발표했다. 이 크레이터가 발생한 시기, 크기, 성분은 모두 예상과 일치했다. 지구의 생명체 70%를 멸종시킨 소행성의 흔적은 사실 멕시코 바닷속에 숨어 있었던 것이다! 이 발견으로 알바레즈를 비롯한 과학자들은 모든 것이 이해되었다. 바닷속에 숨겨져 있어 쉽게 발견되지 않았던 것이며, 그토록 거대하고 파괴적인 크레이터가 왜 역사에 잘 알려지지 않았는지도 명확해졌다. 공룡 멸종의 원인으로 제시된 소행성 충돌설은 처음 제기된 지 10년이 넘은 후에야 결정적인 증거로 인정받게 되었다.

어느덧 동호는 천문대의 팀장이 되었다. 멋진 강사로서도, 주변을 챙기는 리더로서도 인정받은 결과다. 즐거운 삶을 살아가는 동호지만 그는 여전히 기다린다. 어디선가 이 즐거움을 함께 나눌 사람이 나타나기를. 나는 확신한다. 동호의 여자친구는 공룡보단 크레이터에 가까워서 어딘가에 존재하고 있다면 분명 나타날 것이다. 칙술루브 바닷속에 잠들어 있던 크레이터처럼 우연한 순간에, 가벼운 기회에 동호와 마주칠 것이다. 운명처럼.

그러면 여자친구 덕분에 방긋 웃는 동호의 얼굴을 나도 생에 처음으로 마주할 수 있지 않을까? 실체와 기다림이 있다면 결국은 만나고야 만다.

03

고약한 대머리 할아버지

탈모 BJ로 유명한 유튜버에게 한 시청자가 물었다.

"탈모 자가 진단법이 있나요?"

유튜버는 간단한 듯 답했다.

"당연하죠. 벌떡 일어나서 안방으로 가세요. 누워서 주무시는 아버지의 머리숱을 보시면, 그것이 바로 자식의 탈모 자가 진단입니다."

서른 살까지만 해도 내 머리는 검다 못해 시커멨다. 흰머리가 나면 귤 더미에서 곪은 귤을 발견한 듯 가차 없이 뽑아 버렸다. 하지만 불과 몇 년이 지난 지금, 흰머리는 생태계 교란종처럼 내 머리 숲을 점령해 버렸다. 보기 싫다고 전부 뽑아냈다간 단박에 대머리가 될 게 뻔하다.

일부러 뽑지 않아도, 머리를 감을 때 우수수 떨어져 나오는 머리카락들을 보면 섬뜩한 불안감이 든다. 아버지는 선방하고 있지만 할아버지는 머리카락이 진작에 사라졌기 때문이다. 이러다가 할아버지처럼 40대에 머리가 다 빠질지도 모를 일이다. 생각해 보니 갓 대머리가 되셨을 때도 할아버지는 정말 젊었었다. 마음이 아프다.

할아버지는 어린(?) 할아버지였을 때도 무척 노인 같았다. 내가 초등학생일 때 할아버지는 예순이 채 되지 않았다. 그 나이에 할아버지는 벌써 이가 없어 틀니를 꼈다. 머리가 없어 모자도 썼다. 물론 돈도 없었다. 넘치는 거라곤 일찍이 자리 잡은 주름과 지팡이뿐이었다. 누가 봐도 영락없는 영감님이었다.

거기에 성격까지 고약했다. 할아버지는 라면을 먹으러 집에 온 내 친구들을 밥 먹듯이 내쫓았다. 라면을 뭐 그리 떠들면서 먹느냐는 것이었다. 어쩔 땐 술에 취해 소리를 질렀고, 어느 날엔 담배를 손에 끼고 역정을 냈다. 나는 그런 할아버지와 고등학생이 될 때까지 같은 방을 썼다. 끔찍하진 않았지만 그렇다고 깜찍한 기억도 없다.

내 평계는 천문학이야

"당장 술과 담배를 끊지 않으면 돌아가실 겁니다."

어느 겨울, 의사는 할아버지에게 모질게 말했다. 진료라기보다는 위협이었다. 하지만 그 말을 듣고도 할아버지는 술과 담배를 끊지 못했다. 이미 수십 년간 산소처럼 들이켜 온 것들이었다. 젊은 의사의 한마디에 바뀔 리 없었다. 몇 해 후 할아버지는 뇌속 혈관이 막히며 쓰러졌다. 할아버지의 병명은 뇌졸중이라고 했다. 아버지는 할아버지의 삶이 얼마 남지 않은 것 같다며 조심스레 울음을 삼켰다. 나는 아버지의 얼굴에 드러난 낯선 슬픔을 감당할 준비가 되어 있지 않았다. 고약한 할아버지의 죽음도 받아들일 자신이 없었다. 대학생이 되었지만 어른은 아니었던 것이다.

모든 것은 죽기로 되어 있다. 심지어 로봇도 그렇다. NASA가 2003년에 쏘아 올린 화성 탐사 로봇 오퍼튜니티Opportunity는 기대 수명이 고작 3개월이었다. 최신형 맥북 프로 5만 5천 대(약 1.1조 원)를 살 수 있는 돈으로 보낸 탐사선이 고작 90일간만 작동하는 것이다. 피 같은 세금으로 만들어진, 불멸할 것 같이 생긴 로봇치고는 수명이 꽤 짧다. 이게 다 화성의 모래 폭풍 때문이다.

화성에 착륙한 오퍼튜니티의 밥줄은 태양이다. 태양광 발전을 통해 전기를 먹으며 화성을 탐사한다. 집 나간 로봇이면 밥이라도 잘 먹어야 할 텐데, 하필 화성의 땅은 마치 지구의 사막과 닮았다. 붉은 모래가 가득하다. 게다가 화성에서는 종종 모래 폭풍이 분다. 이때 날아온 모래들이 태양광 패널에 내려앉아 태양빛을 막아 버린다. 오퍼튜니티의 전기 밥공기는 한 공기에서 반공기로, 반 공기에서 한 숟갈로 점점 작아진다. 결국 집 나간 탐사 로봇은 모래 폭풍에 시달리며 가엾게 강제 식단 조절을 하다가 3개월 만에 굶어 죽는다.

하지만 오퍼튜니티는 역사를 썼다. 2004년부터 2019년까지 총 15년 동안 생존하면서 화성을 누빈 것이다. 과학자들은 물론 우주 덕후들까지 모두 환호했다. 오퍼튜니티는 어떻게 최고의 과학자들이 예상한 기간보다 60배나 오래 살 수 있었을까?

모래 폭풍 때문이었다. 태양광 패널을 더럽힌 모래 폭풍은 우습게도 자기가 올려놓은 모래들을 털어내기도 했다. 잔잔한 폭풍이 모래를 뿌려 놓으면 이따금 강력한 폭풍이 패널 위 모래를 도로 날려 버린 것이다. 그때마다 새로운 생명을 얻은 오퍼튜니티는 신이 나서 달렸다. 90일간 900m만 이동하도록 설계된 오퍼튜니티는 15년 동안 45km를 움직였다. 이게 다 모래 폭풍 덕분이다. 병인 줄 알았는데 약이었다.

할아버지가 뇌졸중을 맞은 지 10년이 지났다. 다행히 할아버

화성 탐사 로봇 오퍼튜니티. ©NASA

오퍼튜니티가 작동을 멈추기 전 마지막으로 찍은 화성의 풍경. ©NASA

지는 아직도 살아계신다. 뇌졸중이 할아버지의 지능을 초등학생 정도로 낮췄기 때문이다. 덕분에 할아버지는 술과 담배에 대한 기억을 잃었다. 금연, 금주의 고통도 없이 자연스럽게 끊었다.

공룡 같았던 할아버지의 성격도 덩달아 토끼 같아졌다. 할아버지는 전에 없던 얼굴로 맑게 웃었다. 그 미소를 보며 새로운 할아버지가 생긴 것 같은 착각마저 들었다. 세상에, 웃는 할아버지가 우리 할아버지라니. 좋았다. 아버지도 밝아진 자신의 아버지를 환대했다. 병인 줄 알았던 뇌졸중이 우리 가족에게는 약이었다. 세상일은 정말 아무도 모르는 것이다.

그러니 간절히 바란다. 흰색으로 물들어 가는 내 머리카락과 그나마도 하수관으로 발사하고 있는 연약한 두피도 부디 더 좋은 결과로 이어지는 약이 되기를. 제발.

04

아들이라는 사유

친구 상훈의 차에 올라타며 나는 경악했다.

"왜 이 차에서 우리 아버지 냄새가 나지?"

그랬다. 그것은 정확히 아버지의 향이었다. 아버지는 보일러와 지하수용 모터를 팔았고, 휴식이 필요할 때마다 엉덩이를 대고 앉아 쉬는 대신 멀찍이 걸어가 담배를 태웠다. 그렇게 만들어진 기름과 담배, 땀이 섞인 적당히 불쾌한 냄새가 상훈의 차에서도 났다.

냄새의 근원은 명확했다. 상훈은 100kg에 육박했기에 하루 동안 먹어대는 물보다 뿜어내는 수분이 더 많은 듯 땀을 흘렸다. 그 힘든 몸을 중간중간 위로해야 한다며 담배도 하루에 한 갑씩 피웠다. 기름 냄새는 차에 가득 싣고 다니는 망원경 부속품에 발린 오일일 수도 있고, 탄생한 지 11년 된 차가 뿜어내는 향일 수도 있었다. 어쨌거나 냄새는 '잃어버린 시간을 찾아서'의 홍차에 적신 마들렌 냄새처럼 기억을 불러내는 주문이므로 친구의 차에 발을 얹을 때마다 나는 아버지가 생각났다.

어느 유명한 에세이 작가는 말했다. "작가는 가급적 음울한 과거를 써야 합니다." 불행인지 다행인지 나는 딱히 힘든 삶을 살아오지 않았다. 그것은 부모님이 두 분 다 계셔서일 수도 있고, 시골에서 자라 일주일에 8개씩 다닐 학원이 없어서일 수도 있지만, 정확히 말하자면 아버지의 벌이가 나쁘지 않아서였을 것이다.

아버지는 겨울엔 붕어빵, 여름엔 식혜를 파는 장사꾼 같았다. 아버지가 하는 보일러와 모터 일이 그랬다. 온 세상이 꽁꽁 얼 만큼 추운 날이면 아버지는 아침 7시보다 더 일찍 집을 나섰다. 얼어 터진 수도관의 수만큼 집주인들의 비명도 터졌기 때문이다. 물이 줄줄 새는 집들에서 아버지는 기술을 팔아 돈을 벌었다. 적당히 추운 가을과 겨울엔 보일러를 놓았다. 봄과 여름에는 밭에 댈 지하수를 끌어올리는 모터를 설치했다. 더위도, 추위도 아버지에겐 다 돈이었던 것이다.

동화 중에 두 아들을 가진 노파의 이야기가 있다. 한 아들은

우산을 팔았고, 나머지 한 아들은 짚신을 팔았다. 덕분에 노파는 늘 행복할 수 있었다. 비가 오면 우산을 파는 아들이 돈을 벌고 날이 맑으면 짚신을 파는 아들의 장사가 잘될 것이기 때문이었다. 잘은 모르지만 아버지는 두 아들을 둔 노파의 마음으로 현장에 나서지 않았을까?

나는 아들이라는 사유로 아버지가 번 돈을 여러 곳에 발랐다. 학원비라는 이름으로 학원 기둥에 발랐다. 등록금이라는 이름으로 대학 기둥에도 발랐다. 보증금이라는 이름으로 전셋집 기둥에도 돈을 발랐다. 내가 한 일이라곤 어린 시절 급식비 명세서를 받으면 쪼르르 부모님께로 달려가 지폐 몇 장으로 바꿔 들고 다시 선생님께 내는 일의 확장판들뿐이었다. 성인이 되었어도 직접 책임지는 건 없었다. 그런 허울뿐인 아들에게도 대학을 다니고 취업을 했다는 이유만으로 아버지는 말했다.

"네가 제 몫을 다해 줘서 고맙다."

나는 그 말을 들을 때마다 낯 뜨거운 감정에 휩싸였다. 그것은 부끄러움이기도 했고 자괴감 섞인 창피이기도 했다. 불편한 감정에 몰입하지 않으려고 보잘것없는 스스로에게서 눈을 뗐다. 시선 둘 곳을 찾아 헤매다 흘금 아버지를 쳐다봤다.

순간 이마에 칼자국처럼 깊게 그어진 주름이 보였다. 눈 옆도

내 핑계는 천문학이야

주름이 자글거렸다. 누구는 환갑의 나이에도 탱탱한 피부를 유지하며 광고에 나오는데, 환갑인 아버지는 여든 살 먹은 할아버지처럼 주름을 얼굴에 이고 있었다. 그 주름은 더위와 추위 속에서 현장을 돌며 일한 탓에 새겨진 나이테였다.

그제야 알게 되었다. 우산과 짚신을 파는 두 아들을 둔 노파의 이야기에서 조명받지 못한 사실은 노파가 매일매일 아들들을 생각했다는 것이다. 아버지의 삶에서 내가 보지 못한 것은 아버지가 더위와 추위에 상관없이 쉬지 않고 일을 했다는 것이다.

그의 태생은 일과 쉼의 경계 따위를 사치로 여길 만큼 가난했기에 짙은 삶에 바람 한편 넣을 여유가 없었다. 그 뜨겁고 차가운 세월을 손으로 만져가며 빚은 것이라곤 이제야 막 제 삶을 비로소 일부 지탱하게 된 유약한 아들과 아버지 이마에 깊게 팬 주름, 지독하게 풍기는 아버지의 냄새뿐이었다.

상훈의 차에 오르면 아버지의 냄새가 코 밑에 차오른다. 왈칵, 넘어오려는 알 수 없는 감정의 소용돌이가 눈 밑에 넘실댄다. 나 또한 주름을 잔뜩 이마에 켠다. 그러면서 속으로 중얼거린다.

아버지란 존재는 왜 이토록 애연한가.

05

좀비처럼 달리는 남자

우리나라에서 에세이를 가장 위트 있고 따뜻하게 쓰는 작가
인 한수희 작가는 스트레스가 쌓이면 달리기를 한다고 했다. 팔
다리에 힘이 다 빠질 때까지 뛰면 몸이 축나며 마음의 병이 머무
를 곳도 사라진다는 것이었다. 빈대 잡으려다 실수로 초가삼간
태우는 것이 아닌, 빈대를 잡기 위해 일부러 초가삼간을 태우는
그녀의 말이 다소 과격하게 느껴졌지만 어째 꼭 맞는 말 같다. 무
엇보다도 스트레스를 받을 때 자신만의 해결법이 있다는 점이
참 부러웠다.

근래 들어 내가 천문대 강사인지 이벤트 업체 사장인지 구분
하기 어려울 정도로 바빴다. 어린이날 행사, 가족 행사, 관측 대

회, 정기 이벤트까지. 그 와중에 강의도 한 달에 스무 개 넘게 해야 한다. 체력님하고는 상의도 없이 누가 이따위로 일을 벌였냐고 욕을 한 바가지 퍼붓고 싶지만, 죄다 내가 기획한 이벤트라 할 말도 없다. 결국 미련한 곰탱이 같은 나에게 셀프 욕을 선사하고는 새벽까지 밀린 일을 처리했다.

"너무 피곤해! 도저히 회복이 안 돼."

아우~~~ 스트레스와 피곤에 짓눌려 울부짖듯 외칠 때마다 지은은 맥주 두 캔을 내 입에 밀어 넣는 것으로 늑대인간으로 변신하려는 나를 간신히 막았다.

다음 날 나는 퇴근을 집 대신 산책로가 있는 강변으로 했다. 한수희 작가의 말처럼 뛰는 것으로 스트레스가 머무는 초가집을 태워야 했다. 더 이상 뛰지 못할 때까지 달리면 스트레스가 풀린다는 그녀의 말을 경험해야 하는 순간이었다.

차에서 내려 천천히 계단을 내려갔다. 인생 최고 몸무게를 자랑하는 몸으로 한 계단씩 내려설 때마다 삐걱거리는 소리가 나는 것 같았다. 드디어 산책로에 발을 디디고, 옛 기억을 되살리듯 천천히 그러나 확실하게 한 걸음씩 내딛기 시작했다.

걷는 속도보다 코딱지만큼이나마 더 빠르게 움직이자 상쾌한 바람이 불었다. 밤 시간의 강변은 고요했다. 거리의 노란 가로등

빛이 이따금 물에 반사됐고, 그 로맨틱한 빛을 따라 달렸다. 스트 레스가 녹았다. 그렇다. 스트레스, 피로, 고됨 따위는 아이스크림 에 불과하다. 종종 호두같이 목에 턱 하고 걸리는 위기들이 있었 지만 적당히 햇살을 비춰 주면 본체는 흐물흐물 녹는 것이다. 기 분이 좋아졌다. 역시 한수희 작가는 옳았다, 딱 3분간.

3분이 지나자 내 팔다리는 움직이기를 거부했다. 채 1km도 달리기 전이었다. 벌크업 된 뱃살과 갑작스러운 유산소에 놀란 폐가 나를 붙들고 말했다. "이게 끝이라고!"

5km쯤은 쉽게 달린다는 베스트셀러 아줌마 작가의 글이 떠 올랐다. 30대의 청년(?) 작가가 여기서 멈추기엔 사회적 자존심 이 허락할 수 없다. 적어도 5km는 뛰어야 했다. 그러니 천근만근 무거워진 다리를 멈출 수는 없다. 주변 사람들은 나를 보며 생각 했을 것이다. '저 사람은 왜 걷는 속도로 뛰는 거지?'

이쯤 되자 스트레스 해소는 스트레스 창조로 바뀌었다. 3분간 태웠던 스트레스는 다시 20분 동안 재창조되어 나를 더 괴롭게 만들었다. 평균적으로 보자면 나는 뛰는 동안 불행했고, 고통스 러웠으며, 밀린 숙제를 하는 사람처럼 조급했다. 도대체 왜 이러 는 걸까요?

천체 사진을 찍는 용운은 구름이 낀다고 예보된 날에도 종종

내 평계는 천문학이야

별 사진을 찍으러 나선다. 그러면 나는 의아해하면서 묻는다.

"이따가 구름 들어올 수도 있을 것 같은데? 그래도 사진 찍으러 가게?"

"그럼 뭐, 컵라면 먹으러 온 셈 치는 거지."

"오고 가는 데 네 시간인데, 라면만 먹고 온다고?"

"지금은 날씨가 좋으니까 일단 가야지! 찍다가 구름 들어오면 망하는 거지 뭐. 크크."

나는 용운의 말에 적잖이 놀랐다. 기름값과 시간, 공을 들여 다다른 관측지에서 촬영을 망쳐도 '망하는 거지 뭐' 하고 웃을 수 있는 태도가 부러웠다. 나라면 들어온 구름을 원망하며, 비싼 카메라는 어려워도 삼각대 정도는 걷어찼을 것이다. 용운은 천체 사진의 결과물보다 천체 사진을 촬영하는 그 자체가 취미처럼 보인다. 늘 결과를 향해 달리는 나와는 영 다르다. 부럽다.

그 대화가 생각나서였을까. 나는 팔다리를 겨우 움직이는 좀비처럼 강변을 뛰다가 이내 멈췄다. 가만히 뛰는 이유를 생각해 본다. 나는 달리기 선수가 되고 싶은 게 아니다. 아, 물론 살은 조금 빼야 하지만, 심폐 지구력을 키운다거나 한 번에 5km를 달릴 수 있는 체력을 만들려는 훈련을 하고 싶은 건 아니다. 나는 지친 하루 끝에 온종일 쉬었던 단내 나는 숨을 위로하고 싶어서 강변에 왔다. 기분이 좋아지려고 뛴다. 쉬려고 뛴다. 그러니 남들보다 조금 느려도, 나보다 나이가 훨씬 많은 여성 작가만큼 뛸 능력이 없어도 분해할 필요는 없는 것이다.

온갖 핑계와 합리화 끝에 걷기 시작하자 강변을 채운 노란 가로등 빛이 아름답게 빛났다. 뛰는 중간에는 모두가 저마다의 지옥 속에 있는 줄 알았는데, 걸으면서 보니 스치는 사람마다 미소가 환하다. 멍멍이도, 아줌마도, 아저씨도, 청년도, 아가씨도 모두 맑게 웃는다. 주변은 온통 따스하다. 비로소 스트레스가 다시 녹는다. 사람들은 맑고, 강변을 채운 가로등은 나긋하게 빛난다. 낭만적이다.

뛰다가 숨이 차 걸은 주제에 낭만 타령한다고 하면 할 말은 없다. 사실이니까. 다만 멈추면 비로소 보이는 것들이 나에게도 있었다. 그것은 즐거움이기도 하고 강변의 낭만이기도 하며 트랙 위에 퓨마 브랜드처럼 누워 있는 고양이와의 조우이기도 하다. 혹시 천체 사진을 찍다가 구름이 들어온대도 별빛을 만났던 순간을 더 귀중하게 여기는 사람이 되고 싶다. 앞으로도 뛰다가 종종 멈추겠다는 말이다. 그러면 다시 뛰고 싶은 마음마저 들 것이다.

06

공포와 경이로 가득한 밤의 몽환

세상에는 이른 밤에 잠들고 새벽같이 일어나, 음악을 틀고 커피를 내리고 간단한 스트레칭으로 잠을 깨우고 여유롭게 머리를 말린 후 가벼운 발걸음으로 회사에 도착해 "좋은 아침"을 외치는 아침형 인간이 있다. 아쉽게도 나는 아니다.

나는 아침은커녕 해가 중천에 떴을 때쯤 일어나 점심 같은 아침을 먹고 하루를 시작한다. 천문대 강사이기 때문이라는 핑계를 대지만 거짓말이다. 오후 3시에 출근해서 늦은 밤까지 아이들에게 별을 보여 주는 천문대 강사가 되기 전에도 일찍 자고 일찍 일어날 줄 몰랐다. 내게 아침은 잠에 삼켜진 시간일 뿐이다.

내겐 아침뿐만 아니라 저녁도 없다. 친구들이 말하길 저녁은

174 　　　　　　내 핑계는 천문학이야

회생의 시간이라고 했다. 그들은 오후 6시 정도를 저녁이라고 불렀다. 혹은 퇴근 후라고도 했다. 그 시간만 되면 친구들은 변신을 시작했다. 모래주머니를 매단 듯 무거웠던 발걸음이 가벼워졌고, 곰 같은 피로에 짓눌린 어깨가 반듯해졌으며, 눈썹 위에 잔뜩 쌓아 놨던 스트레스도 모두 날아갔다. 저녁이 되는 순간 모든 악재와 재앙이 사라진다고 했다. "하루를 살아가는 이유는 저녁이 있기 때문이야"라며 목소리를 높이는 친구를 보자면 마법 같은 시간임이 분명한데 나는 도무지 저녁을 즐길 수가 없다. 천문대 강사에게 저녁은 일을 하는 시간이기 때문이다.

다행히 나에게는 밤이 있다. 밤 12시에 천문대 문을 닫고 집에 오면 새벽 1시다. 꽤 늦은 밤이지만 좋은 점은 온전히 혼자만의 시간이라는 것이다. 이 시간에는 누구도 없다. 친구도, 가족도, 나의 집중력을 교란하는 카카오톡 연락도 없다. 도시의 소음이나 윗집 아이들의 쿵쾅거리는 발소리도 없다. 고요한 밤이다. 이 순간이 나의 저녁이다. 처음엔 아무도 만날 수 없어 외로웠는데, 나이가 들면서 누구도 만나지 않는 것이 도리어 편해졌다. 나는 이 시간이 끔찍이 좋다.

"밤의 세상은 공포와 경이로 가득하다."

다큐멘터리 〈지구의 밤〉 시리즈의 시작 구절이다. 일에 두드

려 맞아 한껏 만신창이가 된 어느 밤에 우연히 보게 된 프로그램
이었다. 어두운 밤을 사는 동물들의 이야기라기에 얼마나 신기
한 동물들이 나올까 한껏 기대했다. 하지만 다큐멘터리에 등장
한 것은 기묘한 생물체가 아닌 어둠의 공포였다. 나는 밤이 아찔
한 것임을 처음으로 깨달았다.

　해가 붉은빛을 뿌리며 땅 아래로 사라지자 곧장 어둠이 찾아
온다. 손톱만큼이라도 빛을 뿜던 달마저 사라지자 포식자들이
몸을 펴기 시작한다. 빛이 사라진 곳에서 사냥감들이 의지해야
할 것은 초감각뿐이다. 불안감이 생존의 무기인 것이다. 귀를 쫑

　　　　　내 평계는 천문학이야

굿 세워 듣고, 발바닥에 전해지는 진동을 느낀다. 포식자의 걸음이 가까워져 온다. 이질적이게도 그 위로는 수천 개의 별들이 쏟아질 듯 하늘에 매달려 있다.

　그런 아찔한 장면을 보며 생각했다. '한밤중 다큐멘터리라니, 이거 꽤 괜찮잖아?' 상상해 보자. 어둠이 내린 밤, 평안하게 모니터를 켠다. 사랑에 빠질 것 같은 분위기로 만들어 주는 노란 스탠드 등도 켠다. 잔잔한 음악과 영상미가 뛰어난 다큐멘터리를 재생한다. 감정이 내려앉은 방, 소파에 기대어 앉아 가만히 화면을 바라본다. 안락하다. 평안 그 자체다. 그래서 거친 평일이 지나고 일요일마다 아버지는 황금 들판을 뛰어다니는 TV 속 사자 무리에서 눈을 떼지 못했나 보다. 나도 지친 하루의 끝을 다큐멘터리로 위로한다.

못된 감염병이 찾아온 지 1년쯤 되었을 때였다. 코로나19가 유행하며 내 삶은 모래에 꽂아 둔 막대기처럼 흔들거렸다. 코로나19의 위험이 늘어날 때마다 아이들은 밖으로 나올 수 없었다. 밤 9시가 넘어서는 문을 열지 말라는 정부의 방역 지침이 내려지기도 했다. 그러면 별빛이 찬란한 겨울밤에도 천문대는 문을 닫아야 했다. 텅 빈 천문대가 익숙해지자 직업을 잃을지도 모른다는 두려움이 빼꼼히 고개를 들었다. 아이들에게 별을 보여 주는 일은 비대면으로 대체될 수 없다는 사실이 쓰라리도록 서글펐다.

유난히 날씨가 맑은 밤이었다. 굳게 잠긴 천문대에서 오랜만에 홀로 망원경을 잡았다. 아이들을 위해 쓰던 커다란 망원경을 오로지 나를 위해서 움직였다. 망원경이 닿는 하늘마다 별로 가득 찬 우주가 펼쳐졌다. 원망스러운 바이러스와 별개로 밤하늘은 10년 전과 똑같이 아름다웠다. 순수한 꿈을 꾸었던 어린 시절로 돌아간 것만 같았다. '그래, 난 별을 보며 행복을 느끼는 청년이었지' 하며 조금은 간질거리는 과거도 기억했다. 천문대가 텅 비었기에 누릴 수 있는 즐거움이었다. 감염병 때문에 슬펐지만, 감염병 때문에 행복했던 밤이기도 했다.

나는 〈지구의 밤〉 시리즈 중 북극곰 이야기를 좋아한다. 얼어붙은 밤 속, 북극곰의 이야기가 담긴 다큐멘터리다. 북극의 밤은 유독 거칠다. 특히 겨울철은 밤이 더 길고 춥다. 북극의 겨울에는 하루 종일 해가 뜨지 않는 극야가 있기 때문이다. 북극곰 세 마리가 어둠 속을 걷는다. 어미와 두 아기다. 하나같이 두터운 흰 털로 뒤덮였지만 춥다. 그래서 걷는다. 계속 걸으며 사냥감을 찾는다. 오늘 사냥에 실패하면 죽을지도 모른다는 공포가 어미의 머릿속을 지난다. 끝나지 않을 밤의 사냥이 이어진다.

위태로운 순간에도 북극곰 위로 초록빛의 광채가 돈다. 오로라다. 초록 광선을 하늘에 두고 빙판 위를 걸어가는 세 북극곰의 밤이 계속된다. 경이로운 광경이다. 그 모습을 아무 말 없이 바라보며 나의 밤이 지나간다.

북극곰이 느낄 공포와 내가 바라보는 몽환적인 풍경이 같은 밤에 머문다. 밤의 세상은 공포와 경이로움이 동시에 가득하다. 어쩌면 아침도, 낮도, 저녁도 그렇지 않을까 하고 생각한다.

07

고장 난 미라클 모닝

"와, 아침 7시에 배고파서 편의점으로 밥 사러 간다."

"나도 깼어. 잠이 안 온다."

연수차 별을 보러 다른 나라에 다녀오면 동료들과 나는 시차에 허덕인다. 특히 미국을 다녀오면 공교로운 시차 때문에 아침 일찍 일어나게 된다. 아침 7시란 누군가에겐 지각 확정과 더불어 알람이 울리지 않은 핸드폰을 박살 내고 싶은 시간이지만, 밤을 살아가는 천문대 강사들에게는 꼭두새벽 같은 시간이다.

그러다 문득 '일찍 일어난 김에 아침형 인간이나 되어볼까?' 하는 생각이 들었다. 이른 아침에 일어나 하루를 길게 사는 것이 성공의 기초이며, 미라클 모닝이라고 하지 않았는가. 원래는

11시쯤 일어나 아침의 뒤통수만 간신히 마주하는 삶이었지만, 지금은 아침 7시만 되면 저절로 눈이 떠진다. 울분과 짜증의 합주곡인 알람을 맞출 필요도 없다. 미라클 모닝을 만들어야 한다면 지금이 절호의 찬스다.

다음 날에도 나는 시차가 때리는 따귀를 맞으며 아침 7시에 번쩍 눈을 떴다. 미라클 모닝이 시작된 것이다. 차가운 공기와 어스름한 햇살이 뒤섞인 아침의 향이 내 코끝을 스쳤다. 나는 생각했다. 아, 이것이 바로 성공의 냄새구나.

일어나는 데는 가볍게 성공했지만, 무엇을 할지는 생각해 둔 게 없는 것이 문제라면 문제였다. 일찍 일어나는 것 자체가 목적이어서 다음 스텝이 없었다. 이 귀중한 시간을 어디에 쓸까 고민했다. 듣자 하니 아침 7시의 헬스장은 출근 전에 운동을 하는 사람들로 북적인다고 했다. 이 귀한 시간을 복작거리는 곳에 소비하고 싶지 않았다. 책을 읽기엔 조금 낯선 시간인 것 같고, 청소기를 돌리자니 아랫집이 자고 있을까 봐 겁이 났다. 생활하던 시간이 아니다 보니 살짝 몽롱해서 글을 쓰고 싶지도 않았다.

이런 정신머리로 무슨 미라클 모닝인가. 결국 유튜브나 보며 히죽대다가 평소에 일어나던 12시가 되었고, 대충 아침 같은 점심을 먹고 출근했다. 일찍 일어난 탓에 저녁부터 해롱댔다. 전날 술을 한 바가지 먹은 것처럼 속이 울렁거렸다. 기적의 아침 대신 고장 난 저녁만 남긴 하루였다. 그러고는 뭐, 대충 2, 3일 지나니 원래의 패턴으로 돌아와 다시 올빼미족으로 살고 있다. 슬프지만 나에게 미라클 모닝은 달나라보다 더 다른 세상 이야기라는 것을 깨달았다.

2022년 4월 18일, 정부는 일상 회복을 선언하며 코로나19로 인한 거리두기를 전면 해제했다. 다중 이용 시설의 운영 시간 제한이 폐지된 것이다. 그러자 헬스장에서 문자 한 통이 도착했다. "그동안 많이 기다리셨죠? 24시간 영업을 시작합니다!"

감격스러운 문자였다. 내가 다니는 헬스장은 24시간 운영되는 헬스장이었다. 하지만 코로나19가 만든 영업시간 제한 때문에 한 번도 24시간 개방된 적이 없었다. 한데 2년 만에 드디어 24시간 헬스장의 혜택을 볼 수 있게 된 것이다.

야밤의 헬스장은 생각만 해도 좋다. 주차장도 여유롭고 헬스장 안에도 사람이 별로 없다. 이 말인즉슨 이두박근이 내 얼굴만 한 근육맨들과 치열한 눈치싸움을 하며 기구 쟁탈전을 벌이지 않아도 된다는 뜻이다. 물을 마시러 갔다 오는 사이에 '누가 내 기구를 쓰고 있으면 어떡하지?' 하고 걱정할 필요도 없다. 가득 차 있는 땀 냄새와 습한 공기도 없다. 심야 영화를 볼 때처럼 헬스장 전체를 전세 내고 쓸 수 있다는 것은 무척 행복한 일이다.

　설레는 마음으로 일을 마친 뒤 곧장 헬스장으로 향했다. 도착하니 밤 12시가 조금 넘었다. 텅텅 비어 있는 주차장에 차를 던져 놓듯 댔다. 이렇게 주차가 널널하다니, 감격스러웠다. 평소와는 다르게 신이 난 걸음으로 헬스장 문을 열었다.

　그런데 이게 무슨 일일까. 헬스장에는 평소 내가 낮에 오는 시간보다 2배는 많은 사람들이 있었다. 눈을 비비고 다시 봤지만 여전히 사람이 가득했다. 여기저기 "으아, 윽, 후, 씁, 하!" 사자의 호흡 소리가 울려 퍼지고 있었다. 물론 운동 기구도 사람들로 가득 찼다. 저 기구를 쓰려면 놀이 기구를 탈 때보다 더 오래 기다려야 할 것이 분명했다.

하지만 무엇보다도 놀라운 것은 이렇게 많은 사람이 밤에도 자신을 가꾸고 있다는 사실이었다. 운동의 본질은 자기 계발이다. 몸을 키우고 싶은 사람, 다친 허리를 재활하고 싶은 사람, 체력을 기르고 싶은 사람, 원하는 몸매를 가지고 싶은 사람. 목표는 다르지만 모두 저마다 추구하는 가치를 위해 성실한 땀을 흘린다. 나는 그 모습을 약간은 혼미한 상태로 쳐다보았다. 그리고 먼발치에서 깨달았다. '아, 이것이 미라클 미드나잇이구나.'

누구에게나 하루는 24시간이다. 미라클 모닝의 본질은 한정된 하루를 길고 소중하게 쓰는 것일 텐데, 나는 그저 아침에 일어나면 모든 것이 성공할 것처럼 오해했다.

때때로 성실이란 어려운 순간을 버텨 내야 다가오는 것처럼 여겨진다. 아침 같은 순간 말이다. 하지만 역시 시간대보다는 시간을 쓰는 능력이 더 중요한 것 같다. 나 같은 인간은 아침보다는 밤에 더 정신이 맑다. 그것이 아침을 버텨 내지 못한 데서 오는 자신만의 합리화가 아니라는 것도 사람들을 통해 배운다.

나는 달밤에 헬스를 하는 사람들을 보며 미라클 모닝이 적성에 맞지 않아도 괜찮을 수 있다는 사실을 겨우 인정했다. 일찍 일어나는 새가 벌레를 잡을 수도 있지만, 늦게까지 벌레를 잡는 새도 꽤 배부르게 살고 있지 않을까?

08

연수를 떠나야 사는 사람들

"대장님, 저는 도대체 언제 연수를 갈 수 있을까요?"

재작년 이맘때, 비행기를 취소하자 봄이 슬픈 눈망울로 물었다. 천문대 연수차 예약한 하와이행 항공권이었다. 천문대 직원들은 1년에 한 번씩 별 관측을 위해 해외로 연수를 떠나는데, 2020년 코로나19가 발생한 이후 곧장 4월에 예정되어 있던 호주 은하수 연수를 취소했다. 보름이면 끝나겠지 싶었던 코로나가 그렇게 길어질 줄은 꿈에도 몰랐을 때였다. 하지만 절멸할 줄만 알았던 코로나는 1년 뒤까지도 여전히 건장한 영향력을 과시하며 하와이 은하수 연수를 계획한 내 뒤통수를 대차게 후려갈겼다.

별로 가득 찬 마우나케아(하와이의 화산섬)의 은하수를 고대했던 나와 직원들은 누구도 탓할 수 없는 이 시국을 전력으로 한탄했다. 말이 연수지, 한 달에 하루씩 일을 더 하며 꼬박꼬박 연수 자금을 조성했다. 주 4일 일하는 북유럽 선진국을 선망하면서도 주 6일 일하며 쌓아놓은 희망의 여행이었다. 한 달에 한 번씩 주말이 하루로 줄어드는 개떡 같은 상황을 감내하면서도 별 보기를 택한 것이다. 우리는 별 보기의 꿈이 코로나로 와르르 무너져 내리는 순간을 맨몸으로 받아 내며 울었다.

천문대 강사들은 별을 보기 위해 해외로 향한다. 강원도만 가도 쏟아지는 별을 굳이 큰돈을 들여가며 해외로 가나 싶을 수도 있지만, 습도가 높고 빛 공해가 심한 우리나라에서는 별 보기에 한계가 있다. 게다가 범지구적으로 일어나는 천문학 현상은 위치가 중요하다. 오로라를 보려면 남극이나 북극 근처로 가야 한다. 은하수는 습도가 낮고 산이 높을수록 잘 보인다. 남쪽 지구에서만 보이는 천체(마젤란은하 등)를 보려면 허리가 끊어질 만큼 비행기를 오래 타고 남반구로 가야 한다.

더구나 강사의 강의는 경험을 기반으로 한다. 특히 천문학은 더 그러하다. 오로라를 본 적이 있는 사람과 없는 사람의 강의는 다르다. 저 먼 100km 상공에서 춤추는 오로라를 실제로 바라본 강사와 그렇지 않은 강사의 전달력은 오로라가 펼쳐지는 높이만큼이나 다를 것이다. 이곳이 사막의 한가운데인지 우주인지 분간하기 어려울 만큼 쏟아지는 은하수의 별빛을 맞아 본 사람의 이야기에는 별빛이 영롱하게 담겨 있을 수밖에 없다.

그런 의미로 강사는 체험하는 사람이어야 한다. 적어도 천문학에 있어서는 그렇다고 믿는다. 그렇기에 슬픈 눈망울로 '언제 연수를 갈 수 있냐'는 봄의 물음이 마음 아팠다. 더 좋은 강의를 하겠다는 욕심과 마음으로 쌓은 노력과 시간들이 팬데믹에 무너져 버려 슬펐다. 무기력하지만 어쩔 도리도 없다. 현실이었고, 비행기는 탈 수 없었다. 나는 확신은 없지만 결연히 말했다.

"내년엔 꼭 가야지."

그리고 그다음 해 2023년 4월, 우리는 하와이의 화산섬 마우나케아에 이르렀다.

함께 떠나는 그 누구도 고산지대를 별로 무서워하지 않았는데, 나는 그들이 본인들의 적응력은 둘째치고 4,000m 높이의 위험성을 아예 모르고 있다는 것을 그들의 낯빛으로 알아챌 수 있었다. 미리 고산병약을 받아 둔 사람도 전혀 없었다. 내가 받아 온 약을 비타민처럼 받아들고는 '건강을 위해 이걸 먹어야 한다고?'라는 표정을 지었다.

구름보다 높이 올라간 지 두 시간쯤 지났을까. 소연은 구토를

하와이 마우나케아 정상에서 본 은하수와 함께 간 천문대 동료들. ©신용운 천체사진가

하기 시작했고 든솔은 머리를 감싸며 두통을 호소했다. 점프를 두 번만 높게 해도 숨이 턱 끝까지 찬다며 신기하게 웃는 이를 보고 있자면 건강이 나빠진 건지 정신이 이상해진 건지 도통 알 수 없을 지경이었다. 구토와 헛소리가 낭자한 곳에서 다섯 시간 넘게 있을 수 있었던 이유는 오로지 어느 봄날 마주한 흩날리는 벚꽃잎 같은 별빛 때문이었을 것이다.

천문학의 성지인 하와이 마우나케아의 고지에서, 우리는 마침내 별들을 향해 손을 뻗었다. 그 오랜 기다림과 희생이 어우러

내 핑계는 천문학이야

진 순간, 시련과 실망이 빚어낸 무게를 내려놓고 멍하니 밤하늘만 바라보았다. 고산병의 어지러움조차도 그 강렬한 천체의 아름다움 앞에서는 하찮은 것이 되었다. 봄의 슬픈 물음은 이제 빛나는 기대로 바뀌었다. "내년엔 어디로 연수를 갈까요?"

그 물음의 끝에서 나는 이렇게 깨달았다. 천문대 강사들은 끊임없이 별을 향해 나아가야 한다. 여정 속에서 우리는 우주의 찬란함을 경험하고 더 넓은 세계를 탐험하며 스스로 존재를 확장한다. 연수라는 이름 아래 별빛 같은 꿈들을 좇는 것, 그것이 우리가 해야 할 일이다.

이제 우리는 다시 일상으로 돌아가지만, 마우나케아에서의 경험은 각자의 삶 속에 영원히 빛나는 별이 되어 우리를 밝혀 줄 것이다. 우리가 본 별들처럼, 우주의 한편에서, 우리의 삶도 계속 반짝이기를.

09

하와이 상공에서 추락하다

제프라고 했다. 구릿빛 피부에 태평양 같은 어깨와 초콜릿 모양의 복근을 가진 남자였다. 고창석 같은 수염과 미역 줄기 같은 헤어스타일을 하고도 멋지게 보이는 사람은 그가 유일할 것 같은 착각마저 들었다. 그가 내 생명을 책임지는 스카이다이빙 강사가 되었을 때 생각했다. '앗싸! 무조건 난 살아 돌아오겠구나!'

그러니 하늘에서 떨어지기 위해 덜덜거리는 봉고차만 한 비행기를 타고 4,000m 상공을 오르면서도 크게 걱정스럽지 않은 것이 당연했다. 삼국지의 유비가 관우와 장비, 조자룡을 뒤에 둔 기분이 바로 이런 것이었나 보다. 어떤 위협이 닥쳐도 나를 구해 낼 것이라는 것을 그의 복근을 보며 확신했다.

스카이다이빙을 하려는 5명과 교관 5명을 태운 비행기는 대형 선풍기 소리를 내며 하늘로 솟구쳤다. 돈을 내고 점프를 하려는 사람들은 모두 질겁한 표정이었고, 돈을 받으며 점프를 책임지는 사람들은 한결같이 자신감이 넘쳤다. 흡사 전쟁 포로 5명을 잡아 개선하는 군 비행기 같았다. 다만 비행기의 행선지는 땅이 아닌 하늘이었다.

한라산보다 두 배는 더 높은 4,000m 상공에 다다르자 비행기의 문이 덜컹하고 열렸다. 교관이 냉장고 문을 열듯 1초의 망설임도 없이 비행기의 문을 그냥 열어젖혔다. 문이 활짝 열린 비행기 난간에 발을 딛고 서자 눈앞에는 허공이면서 동시에 하늘이 놓여 있었다. 발아래에는 걸리버가 바라본 소인국처럼 아기자기한 해변이 펼쳐져 있었다. '바다로 착지할 작정인 건가?' 따위의 소모적인 걱정도 잠시, 비행기 안으로 밀려드는 시속 200km의 바람이 연속으로 따귀를 때렸다. 방송에서 개그맨들이 종종 벌칙으로 맞는 강력한 바람이었다. 한껏 바람에 얻어맞은 내 얼굴은 지극히 아름다운 하와이 해변과 이질적으로 대립했다. 그러거나 말거나 제프는 나를 비행기 문 쪽으로 한 걸음 더 밀쳤다. 나는 비행기 난간에 서서 정신없이 소리를 질러 대는 고릴라가 되었다. 그러곤 한 걸음 더 걸어 나오는 제프에게 떠밀려 비행기 밖으로 넘어졌다.

맞다. 그것은 점프라기보단 추락에 가까웠다. 그저 비행기에서 밀려 떨어진 것이다. 하지만 지구는 그게 뭐 대수냐는 듯 비명을 지르는 나를 덤덤히 자신의 중심으로 끌어당겼다. 덕분에 나는 $9.8m/s^2$의 속도로 가속했다. 이 말은 눈을 한 번 감았다 뜨는 동안에도 수십 m씩 땅과 가까워진다는 의미다. 몇 초만 낙하산을 늦게 펴도 나는 땅과 강력한 하이파이브를 하게 된다. 하지만 인간의 두뇌는 위기만큼 재빠르지 않았고, '내 등 뒤에 붙어 있는 제프가 나를 살리겠지' 하는 막연한 신뢰만 남았다. 그 와중에 구름을 통과했다. 얼굴에 촉촉한 수분이 느껴졌다. 급속도로 강해지는 기압 좀 어떻게 하라며 귀에선 '삐이익!' 경보음이 들렸다. 급하게 코를 막고 숨을 불어넣었다. 그러자 귀 안쪽에서 풍선 바람 빠지는 느낌이 났다.

그때쯤 제프가 소리 질렀다. "포즈 좀 취해 봐!" 나는 포즈랍시고 손하트와 머리하트를 남발했다. 슈퍼맨 자세도 취했다. 상상속에선 분명히 두 주먹을 불끈 내지르며 위풍당당 하늘을 나는 청년이었는데, 나중에 동영상을 보니 질겁하며 손을 들고 항복하는 포로 같았다. 그렇게 낯빛이 어두운 청년은 땅으로 떨어졌다.

땅으로 곤두박질치던 중, 갑자기 하늘이 나를 잡아당겼다. 붕- 하는 느낌과 함께 하늘 쪽으로 솟구쳤다. 제프가 낙하산을 편 것이었다. 덕분에 속도는 급격히 줄었고 나는 낙하하던 고릴

스카이다이빙하는 모습.

라에서 활강하는 독수리가 되었다. 그제야 하와이의 눈부신 바다가 보이기 시작했다. 물감을 풀어놓은 듯 새파란 바다, 튀어 오르는 물고기, 눈물 나게 아름다운 하와이 연안의 풍경이 눈에 들어왔다. 이곳이 지구라는 파란 구슬에 점처럼 존재하는 화산섬이라는 사실을 다시 한번 깨달았다. 그 모습은 경외감과 자신감을 동시에 불러왔다. 마치 내가 구름을 타고 하늘을 유람하는 손오공이 된 것 같았다. 종교는 없지만, 신이 있다고 믿을 수밖에 없는 광경이었다. 하늘은, 바다는, 숲은 모두 신의 정성으로 만든 것이 분명했다.

스카이다이빙을 위해 지불한 돈이면 편의점에서 맥주를 160캔이나 살 수 있다. 하지만 아깝지 않았다. '죽거나 심각하게 다칠 수 있다'고 위협하듯 쓰여 있는 동의서에 했던 사인도 후회되지 않았다. 갑작스러운 기압 변화에 찾아온 고막 통증도 순식간에 가셨다. 게다가 지구로 추락하며 무려 자유낙하를 체험하지 않았나. 우주에서 느끼는 무중력 상태는 지구에서도 땅으로 추락할 때 똑같이 느낄 수 있다. 이 정도면 과장 조금 더 보태 간접 우주 체험을 했다고 우길 수 있다. 이 순간을 유튜브 썸네일로 표현한다면 이렇게 쓸 것이다. '돈으로 추억을 사고 싶다면 지금 당장 해야 하는 Top 3!'

제프와 함께.

    두 발로 땅을 디디며 안전하게 착지한 후 나와 제프는 하이파이브를 찐하게 날리며 서로에게 말했다.

    "You are so crazy, guy(당신 정말 기가 막히더군요)."

    "You too! It was amazing(당신도 굉장하던데요)!"

    그는 많으면 하루에 10번 다이빙을 한다고 했다. 나같이 일면식도 없고, 스카이다이빙 경험도 없는 사람들을 자기 몸 앞에 매달고 저 높은 하늘에서 구름을 향해 떨어지는 게 그의 직업이다.

스카이다이빙 한 곳에서 바라본 하와이 풍경.

그가 수년 동안 하늘에서 낙하하며 겪었을 돌발 상황과 우여곡절들은 가늠도 되지 않는다. 분명한 것은, 그가 비행기에서 천공을 향해 점프하는 횟수만큼 누군가의 평생 잊지 못할 순간이 탄생한다는 것이다.

　나는 아이들에게 별을 보여 주고, 천문학을 가르치는 강사로 살고 있다. 10년째 같은 일을 하며 이 일을 진심으로 사랑하고 있지만, 한 문장으로 '어떤 강사'가 되어야겠다고 정의하지 못했다. 하지만 이젠 확고하다. 나는 스카이다이빙 교관 같은 강사가

　　　　　내 평계는 천문학이야

되고 싶다. 어떤 순간이든 누군가 천문학에 뛰어들 때, 안전하고 믿음직한 강사로 존재하길 바란다. 한 번의 강의를 들을 때마다 나를 믿고 우주 과학에 뛰어든 아이가 정말 즐거운 시간이었다고, 잊지 못할 순간이라고 말하면 좋겠다.

모든 순간이 짜릿할 수 없고, 모든 시간이 자극적일 수 없다는 걸 안다. 하지만 적어도 그 시간들이 좋은 밑거름이 되어 아이들에게 행복한 우주를 만들어주고 싶다. 그런 강사가 되고 싶다. 정말로.

10

한국에 오로라가 떴다!

지난 2024년 5월 10일, 한국의 우주전파센터가 지자기 교란 경보 G5를 발령했다. 이는 태양에서 발생한 강력한 폭발 현상과 밀접하게 관련되어 있다. 태양에서 방출된 고에너지 입자들이 지구의 자기장에 도달해 교란을 일으키는 것을 지자기폭풍이라고 부른다. 지자기폭풍이 발생하면, 지구의 고위도 지역에서는 대기 상층부의 입자들이 태양에서 방출된 고에너지 입자들과 충돌하여 형형색색의 빛을 발산하게 된다. 이를 오로라라고 한다. 따라서 G5 경보는 곧 전 세계적으로 오로라 관측 가능성이 높아짐을 의미한다.

나는 급하게 오로라 지수를 확인했다. KP지수라고 불리는 오

내 핑계는 천문학이야

로라 지수는 1부터 9까지 있으며, 숫자가 클수록 오로라를 볼 가능성이 크다. 오로라 관측지로 유명한 캐나다 옐로나이프의 경우 KP지수가 3만 되어도 오로라를 어렵지 않게 관측할 수 있다. 그 KP지수가 9였다. 살면서 처음 보는 숫자였다. 이는 오로라 폭풍이 전 세계에 몰아치고 있음을 뜻했다.

소셜미디어 X에 오로라를 검색하니 과연 세계 각지에서 오로라가 발생하고 있었다. 극지방과 가까운 캐나다, 아이슬란드, 뉴질랜드는 말할 것도 없고 이탈리아, 미국 댈러스, 심지어는 일본 삿포로에서도 오로라가 관측되고 있었다. 하지만 아쉽게도 한국은 상대적으로 위도가 낮아서 오로라 관찰 소식이 없었다. 게다가 비가 오고 있었다. 비가 오면 땅 위 100km 이상에서 펼쳐지는 오로라를 볼 수 없다.

"오로라 보러 가실래요?"

함께 일하는 든솔이 물었다. 나와 든솔은 캐나다 옐로나이프에서 오로라를 본 경험이 있었다. 그래서 다른 천문대 강사들보다 오로라에 대해 조금 더 알고 있었는데도 오로라를 보러 가잔다. KP지수가 9라고 해도 극지방과는 먼 한국의 위치, 세차게 내리는 비, 뭣 하나 희망적인 게 없었다. 중위도 지방의 실질 KP지수도 4 정도로 추정되고 있었다. 확률로 계산해 보자면 오로라를 볼 확률은 5%에 미치지 못했다. 그런데도 든솔은 오로라 헌팅을 가자고 했다. 그에게 답했다.

"안 갈래."

나는 이과인이다. 기분보단 확률에 근거해 말을 더했다.

"한국의 KP지수는 4인데? 5% 확률도 안 되겠다. 날씨도 너무 안 좋고."

그러자 든솔이 말했다.

"후! 낭만이 없으시네. 한국에서 오로라가 뜨는데 안 간다고요?"

그의 도발에 천문대 일이 끝나기 전까지 한순간도 빠지지 않고 KP지수와 각국의 오로라 상황을 살펴봤다. 아무리 계산해도 오로라가 보일 것 같지 않았다. 그런데 그가 말한 '낭만'이 자꾸 귓가를 쳤다. 내가 누군가. 글을 쓰려면 감성이 넘쳐야 한다며 아이패드를 최고 사양으로 사고, 딱딱한 코딩을 하려면 우아함이 절실하다며 맥북을 구매한 인간이다. 노란 불빛으로 가득 찬 낭만적인 펍을 보면 나방이 불빛을 만난 듯 달려들어 지갑을 태운다. 이 시대의 진정한 낭만 호소인이 바로 나다. 만약 오늘이 우리나라에서 오로라를 볼 수 있는 마지막 기회라면? 한국에 찾아온 낭만을 내가 걷어차는 거라면? 그것을 놓칠 것인가.

그럴 수는 없다. 낭만 호소인의 자존심이 있지. 밤 12시. 천문대 근무가 끝나자마자 강원도로 내달렸다. 날씨와 KP지수, 우리

강원도 철원 수피령에서 찍은 오로라. ⓒ구리어린이천문대

나라의 위치를 모두 감안하고도 오로라 헌팅을 떠났다. 사실 낭만을 찾아 떠난 셈이다.

강원도 철원, 수피령에 들어섰다. 차 문을 열자 그림같이 하늘이 개어 있었다. 희뿌연 은하수가 하늘을 휘감았고 별똥별도 수없이 쏟아졌다. 그리고 우리는 오로라를 포착했다.

한국의 오로라는 눈으로는 식별하기 어려울 만큼 희미했다. 카메라로 오로라가 있을 만한 위치를 찍고, 보정을 통해 오로라

강원도 화천에서 찍은 오로라. ⓒ광교어린이천문대 이상민

의 색감을 조금 더 살려 냈다. 고위도 나라들에서 포착된 오로라
와 비교하자면 옅고 희미하다. 그럼에도 우리나라에서 오로라라
니! 믿기지 않는다. 천문학을 하면서도 이해하기 어려운 순간이
자 낭만 넘치는 광경이다. 2024, 2025년은 태양 활동의 극대기
다. 태양의 활발한 활동으로 흑점과 플레어가 자주 생기고, 이로
인해 오로라가 생길 확률이 더욱 높다. 이게 다, 태양 덕이다.

사실 오로라를 만나게 된 것은 태양보단 든솔 덕분일 것이다.
나를 낭만으로 자극한 것도, 확률이 낮은 오로라를 보러 가자고
한 것도 모두 든솔이다. 낭만 호소인인 내 곁에 든솔이가 있다는

것은 신기한 일인 동시에 감동적이기도 했다. 나는 말만 대단히 앞서는 반면, 그는 행동이 먼저 앞서기 때문이다. 철로 감싸진 내 낭만에 그는 늘 적절한 분위기를 자석처럼 갖다 붙였다. 알앤비가 필요한 순간엔 크러쉬 노래가 어딘가에서 튀어나왔다. 지지가 필요한 순간에는 하이파이브가 날아들었고, 대화가 필요한 순간엔 늦은 새벽에도 곁에 있어 주었다. 그러면 메마른 공간에 촉촉한 음악이 내렸다. 척박한 마음에도 위로가 피었다.

내가 소울이라면 그는 메이트일 것이다. 그렇지 않으면 함께 있는 순간이 그토록 연결될 수 없을 것이었다. 나이 따위는 문제가 아니다. 낭만은 그와 함께 있을 때 더 자주 넘쳤고, 낭만이야말로 우리의 진짜 오로라였다.

인류의 우주 탐사는 가슴 벅찬 일이지만 인간이 직접 우주로 가는 일은 그다지 합리적이지 않다. 사실 아주 비효율적이다. 그래도 인간은 우주로 향한다. 로봇을 보내 환경을 충분히 파악한 뒤 기어코 그곳에 다다른다. 효율과 경제성, 안전을 깡그리 무시하면서도 로켓에 탑승한다. 탐험 정신으로 일컬어지지만 결국은 감성인 것이다. 인류란 눈 덮인 에베레스트산을 기어코 두 발로 오르고, 캄캄한 바닷속을 산소통 하나로 헤엄치며, 자동차를 두고 굳이 42.195km를 달려 완주하는 족속이지 않은가. 인류는 결국 화성에 첫발을 내딛게 될 것이다. 해야 하기 때문이 아니라 하고 싶기 때문이다.

4장

천문대장의
요일들

건달과 연예인 그 사이

"속았어, 정말."

"왜? 또?"

"나는 오빠가 꾸미는 센스가 있어서 좋아했는데, 그게 다 전 여친 작품이었다니."

와이프는 연애 시절 나의 첫인상을 크게 착각했다. 내가 헤어와 옷 등을 세련되게 입는 사람이라고 생각한 것이다. 공교롭게도 지은을 만나기 전에 패션 디자이너와 사귀었다. 과거의 여자친구는 초록 체크 남방에 애착을 갖는 패션 테러리스트에게 직업적 분노를 느끼며 인형 옷 입히기를 시작했다. 나는 로켓 배송처럼 문 앞에 배달되는 옷을 받아 입었다. 이마를 답답하게 덮고 있던 앞머리도 올렸다. 덕분에 패션피플은 아니어도 피플처럼은 보였다.

그 물이 채 빠지지 않았을 때 지금의 와이프를 만났다. 오묘한 타이밍이었던 것이다. 하지만 치장하는 것은 본래 나의 능력이 아니었으므로 다이어트 후에 요요 현상이 오듯 나에게도 패션 요요가 왔다. 위기를 깨닫고 꾸며보려 했지만 내가 멋을 부리면 부릴수록 촌스러움이 더해졌다. 헤어도, 옷도, 걸음걸이도 점차 퇴화했다. 나는 분명 패션 앱에서 본 코디를 그대로 주문했다. 사진 속에선 압구정 길거리를 활보해야 할 것 같은 회색 바지였는데, 내가 입자 스님이 되었다. 일반 피플이 된 잠깐의 시간이 꿈처럼 허물어졌다. 나는 다시 패션 테러리스트가 되었다.

"오빠, 내가 바버샵 예약해 놨어."

지은은 작전을 바꿨다. 지속적인 잔소리를 통해 딱 두 배만이라도 내가 더 잘 꾸미기를 바랐으나, 나의 센스는 0이었다. 0 곱하기 2는 0에 불과했으므로. 더 나아질 기미가 없었다. 그래서 직접 나를 꾸미기로 한 것이다.

"오빠, 이 사진 봐봐. 이 헤어스타일로 잘라 달라고 할 거야."

"응? 이건 너무 짧지 않아?"

"요즘 유행이야. 완전 깔끔하잖아."

사진 속에는 해병대의 상륙돌격형 머리에 앞머리만 살짝 기른 사내가 있었다. 이런 헤어스타일을 아이비리그 컷이라고 했다. 시원한 스포츠머리에 앞머리만 하늘로 승천시킨 모양새였다. 이런 머리가 어떻게 멋있을 수 있을까 싶어 사진을 들여다보니 모델이 무려 정해인이었다. 그럼 그렇지. 참고 자료가 글러 먹었다. 정해인이라면 삭발을 해도 깔끔하고, 장발을 해도 예술적일 것이다. 지은에겐 헤어스타일보단 헤어를 받치고 있는 부분에 관한 고찰이 필요해 보였다. 하지만 나의 머뭇거림 따위는 앞으로 일어날 일을 단 1%도 바꿀 수 없었다. 와이프는 단호하게 말했다.

"늦지 말고 와."

바버샵은 처음이었다. 그럴 수밖에 없는 게 머리를 한 번 자르는 데 4만 원이나 내야 하는 미용실이라고 했다. 나는 염색도 3만 원짜리를 찾아가던 인간이다. 갑작스러운 물가 상승이 당황스럽지만 이미 물은 엎질러졌다. 어떻게 사람이 김치찌개만 먹나, 가끔 비싼 파스타도 먹어야지, 하는 마음으로 비장하게 바버샵에 들어섰다.

바버샵의 분위기는 미용실보단 바Bar에 가까웠다. 그곳엔 가위질보다 바리깡을 즐겨 쓰는 온몸에 문신을 한 미용사가 상주

해 있었고, 아주 세련된 알앤비 음악이 나오고 있었다. 분무기의 물통 부분이 술병인 것도 왠지 힙하게 느껴졌다. 한마디로 섹시한 미용실이었다. 이곳에서 머리를 자르면 나도 힙한 사람이 될 것 같았다. 마음이 놓였다. 미용사가 바리깡을 들고 머리를 깎기 시작하자 촌스러움을 먹고 자란 긴 머리칼이 속절없이 바닥으로 떨어졌다. 한 시간쯤 흐르자 미용사가 말했다. "마음에 드시죠~?"

거울 속 내 머리는 와이프가 보여 준 사진과 정확히 똑같았다. 한데 어째 내 모습은 정해인보단 건달에 가까웠다. 중사로 막 진급한 군인 같기도 했다. 촌놈에서 건달로 변한 내 모습에 자존감마저 하락했다. 천문대에 온 아이들은 내 머리를 보자마자 말했다. "쌤, 군대에 갈 일이 생기셨어요?"

그러거나 말거나 와이프는 머리가 너무 예쁘다며 연신 칭찬 세례 중이다. 연애할 때만 잠깐 흐르던 꿀까지 눈빛에 채워서는 말이다. 건달과 연예인 사이에서 나는 아직도 자아를 찾지 못했다. 유행하는 머리를 가졌지만 유행하는 얼굴은 갖지 못한 탓이다. 패션 피플이 되는 길은 참 멀고도 험하다. 다만 모든 사람이 야유하는 가운데 가장 중요한 한 사람이 홀로 좋아하니 괜찮은 것도 같다.

02

내 폰 안의 도청 장치

갑자기 새로운 관심사가 생겨 영상을 한 번 찾아볼까? 하면 유튜브 메인에 그 영상이 이미 떡 하니 띄워져 있어, 구글이 나를 도청하고 있는 것은 아닐까 의심하는 일이 허다하다. 이 궁금증을 해결하기 위해 구글의 인공지능 챗봇 제미니Gemini에게 물어본 적도 있다.

"유튜브는 내가 검색한 적 없는, 완전히 새로운 관심사를 어떻게 추천해 주는 거야?"

제미니는 내 의심 정도는 쉽게 예상했다는 듯 가볍게(?) A4용지 한 장 분량으로 대답했다. 그의 답변을 요약하면 이렇다.

'유튜브는 AI(인공지능) 기술을 활용하여 사용자의 시청 이력,

좋아요 표시, 연령 등 다양한 정보를 분석한 후 개인 맞춤형 영상을 추천합니다. 우리는 이것을 알고리즘이라고 부르기로 했어요.'

나는 구글의 답을 눈으로만 읽었을 뿐 머리로는 결코 인정할 수 없다. 보통 내 유튜브 첫 화면은 지난밤 몰락한 격투기 챔피언의 영상과 15년 전 방영된 〈무한도전〉 클립이 어지럽게 뒤섞여 있다. 그런 아저씨 냄새나는 알고리즘에 "야, 춘봉이랑 첨지라는 고양이가 요즘 대세야!"라는 친구의 한마디가 던져지자 얌전한 고양이들이 내 유튜브 부뚜막에 잔뜩 올라섰단 말이다.

논리적으로 이해되지 않아도 요즘은 '인공지능'이라는 단어 하나면 곧장 과학적 우월함을 갖는 시대로 변해 버렸다. 나는 과학도로서 합리적인 의심을 가지고 음모론을 외쳐 본다. 내 폰에 도청 장치가 있다!

내 폰에 침투한 것처럼, 인공지능은 천문학에도 깊숙이 들어와 있다. 2019년, 인류는 처음으로 블랙홀의 모습을 포착했다. 하지만 블랙홀의 사진은 와이파이가 간신히 연결된 지하철에서 144p(프로그레시브)로 보는 유튜브 화질 같았다. 뿌옇고 흐렸다. 인류 최고의 과학적 성과가 흐리멍덩한 도넛 같은 블랙홀이라면 다소 실망스럽다는 반응도 많았다.

이때 AI가 우주적 퍼즐 마스터로서 등장했다. 전 세계 전파망원경들이 수집한 블랙홀 데이터는 각기 다른 시간과 장소에서 얻었기 때문에 퍼즐 조각처럼 뒤섞여 있었다. AI는 딥 러닝을 통해 이 조각들을 분석하기 시작했다. 어떤 부분이 실제 블랙홀의 모습인지, 어떤 부분이 잡음인지를 구별하고 적절한 위치에 조합했다. 그 결과 흐릿한 CCTV 영상처럼 보였던 블랙홀이 HD 화질까지는 아니어도 720p 정도로 보이게 된 것이다. 덕분에 인류는 블랙홀의 모습을 조금 더 또렷이 볼 수 있게 되었다.

AI의 천문학적 기여는 단순히 '화질 업그레이드'에 그치지 않는다. AI는 별들의 진화, 은하들의 움직임, 우주의 팽창 같은 복잡한 현상들을 분석하는 데 뛰어나다. 인간의 뇌가 아무리 뛰어나도 십억 개의 별을 일일이 분석하며 패턴을 파악하는 것은 불가능에 가깝다. 여기서 AI는 인간이 해내기 어려운 정교한 계산을 순식간에 처리한다. AI는 별의 진화 단계를 연구하고 외계 행성을 찾으며, 각 단계에서 발생하는 미세한 변화를 감지해 별의 나이와 성질을 정확히 예측한다. 결국 과학의 산물로 만들어진 AI가 과학자의 역할까지 하고 있다.

"인공지능이 많은 일을 대체하고 있잖아요. 천문대에서 별을 알려 주는 우리 일은 미래에도 괜찮을까요?"

함께 일하는 찬빈은 사뭇 진지한 표정으로 물었다. 개그 드립

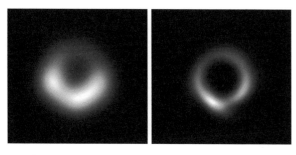

왼쪽이 블랙홀 사진 원본이고, 오른쪽이 인공지능 PRIMO가 선명하게 만든 블랙홀 사진이다.
©L. Medeiros/Institute for Advanced Study; D. Psaltis/Georgia Tech; T. Lauer/NSF's
NOIRLab; F. Özel/Georgia Tech, licensed under CC BY 4.0.

과 영화 대사로 하루의 반을 쓰는 그가 이런 질문을 던진 건 실로 놀라운 일이었다. 그만큼 시대의 변화가 섬뜩하다는 방증이기도 하다.

인공지능은 인류의 거의 모든 직종에 불안감을 조성한다. 테슬라는 사람 없이 완전히 자율화된 로봇 택시를 곧 선보일 예정이고, 아마존은 이미 물류센터에서 상품 선반을 자동으로 이동시키는 로봇 시스템을 사용 중이다. 천문학 자료를 검색할 때마다 영어 알레르기에 두통을 호소했지만, 요즘엔 엔터 한방이면 챗GPT가 해결한다. 디자이너부터 변호사, 의사에 이르기까지 전문 영역이라고 여겼던 많은 분야가 인공지능에 의해 잠식당하고 있다. 그렇다면 별자리 앱보다 별 이름을 못 외우고, 인공지능보다 천문학 이해도가 낮은 나는 얼마나 더 천문대 강사로 일할 수 있을까?

전문가들은 인공지능에게 가장 큰 위협을 받는 직업으로 글을 쓰는 작가를 꼽았다. 실제로 챗GPT에게 '남산 위에서 뉴진스 해린과 눈이 하나뿐인 외계인이 조우하는 러브스토리를 써 줘' 하고 명령하면 10초 뒤에 그럴듯한 단편 소설 한 편이 뚝딱 나온다. 10년 동안 글을 써 온 입장에서 10초 만에 질투와 자괴감이 들어 버린다.

하지만 《회색인간》을 시작으로 십여 권의 책을 연달아 내며 모래밭 같은 출판 시장에서 꾸준히 베스트셀러를 펴낸 김동식 작가는 '인공지능 때문에 실직하지 않겠냐'는 물음에 이렇게 답했다.

"인공지능이 쓰는 소설에 비하면 제 글은 오히려 평범할지도 모르지만, 제가 인공지능보다 확연히 나은 점이 있어요. 바로 '대면'입니다. 인공지능은 절대 독자들을 만날 수 없죠. 저는 가능합니다. 인공지능의 글이 아무리 재미있어도 사인회가 열리진 않고, 사인회용 작가 로봇을 만들어도 사람들이 찾을 리 없으니까요. 저는 제 글을 읽는 독자와 눈을 마주치면서 공감하고 대화할 수 있어요."

천문대 강사로서 나는 김동식 작가의 말에 깊이 공감한다. 인공지능이 아무리 발전해도 대면의 가치는 대체 불가하다. 아이들의 호기심 어린 눈빛을 마주하고, 그들의 질문에 놀라며, 함께 별빛을 세는 순간들은 지극히 인간적인 일이다.

나는 챗GPT를 활용해 천문학 논문을 번역하고, AI의 도움을 받아 디자인과 코딩을 하며 교육을 준비한다. 솔직히 말하면 거의 모든 면에서 그놈들이 나보다 낫다. 그럼 어떠랴, 발전한 인공지능 덕분에 나는 시간과 체력을 아끼고 심지어는 더 질 좋은 교육 자료를 만들어 아이들과 만난다. 마음속에 차오르는 생각을 그대로 표현하자면, 사실 인공지능은 개꿀이다!

나는 인공지능 시대를 환영한다. 핸드폰이 도청당하고, 매 순간 나의 글과 코딩, 디자인 능력에 모멸감을 주지만 괜찮다. 천문학은 디지털적이지만, 망원경에 눈을 대고 별을 보는 순간은 지극히 아날로그적이니까. 이 두 가지가 공존하는 것이 바로 천문학의 매력이니까. 아날로그의 끝에서 아이들과 밤하늘을 바라보며 나누는 대화와 웃음은 인공지능이 결코 닿을 수 없는 영역이다.

아이들이 천문대에 찾아오면, 나는 인공지능을 짊어지고 망원경을 끼익 끼익 돌려 별을 직접 맞춰 줄 거다. 그리곤 함께 별을 바라보면서 30년 후에도 말할 테다. "저 별, 정말 아름답지?"

03

별이 숨자 포즈를 취했다

"오빠는 내 모습 보면 막 사진 찍어 주고 싶지 않아? 남들은 아내를 예쁘게 찍어 주고 싶어서 난리라던데, 왜 안 그래?"

외식하러 나가는 차 안에서 지은은 쏙독새처럼 서운함을 쏟아냈다. 도무지 먼저 사진을 찍자고 말하지 않는 나 때문이었다. 나는 쭈구리처럼 "여기 봐… 몇 개 찍었어" 하고 핸드폰에 저장된 사진 몇 장을 보여 줬지만 괜히 화만 더 돋울 뿐이었다. "이게 뭐야, 내 얼굴도 안 나왔잖아."

세상에는 카페 안에서만 셀카를 200장씩 찍는 사람도 있지만, 10년째 카카오톡 프로필 사진이 같은 사람도 있다. 안타깝게도 내가 그 후자였다. 더 슬프게도 그런 사람은 사진 찍히길 원하는 사람을 서운하게 한다는 것도 알게 되었다.

사진에 대한 센스와 의지가 모두 부족하지만, 나도 아주 가끔 카메라를 든다. 천체사진을 찍을 때다.

"용운아, 나 카메라 좀 빌려줘."

"뭐 하게?"

"이번에 별 보러 스위스 가잖아. 그때 은하수 좀 찍게."

"400만 원짜리인 거 알지?"

"잃어버리진 않아 볼게…."

카메라 가방을 메고 있는 나의 표정은 책 《정글만리》에서 태백산 정상으로 물을 지고 오르는 지게꾼과 같았다. 어깨가 빠질 것 같았다. 와이프 사진도 안 찍는 사람이 천체사진이라고 특출난 열정을 품을 리 없다. 이왕 들어온 베이커리 카페에서 커피만 먹기 아까워 시그니처 빵을 하나 집어 들듯, 스위스니까, 알프스 산맥 위로 은하수가 지나갈 테니까, 기록이라도 남겨 놓자는 마음으로 카메라를 챙겼다.

하지만 친구의 최고급 DSLR은 성능만큼이나 무거웠고, 삼각대는 우산만큼이나 거추장스러웠다. 돌덩이 같은 카메라 가방을 당장이라도 집어던지고 싶었다. 내 것이 아니라는 도의적 책임감과, 싼 물건이 아니라는 경제적 관념이 아니었다면 나는 카메라와 생이별을 했을 게 분명하다. 뭐 어쩌겠나, 과거의 나에게 쌍욕을 날리며 별 보는 장소까지 짐을 나르는 수밖에.

스위스 알프스산맥의 자락에 자리잡은 멘리헨에 도착하자 나는 그 풍경에 눈을 비볐다. 이런 장소가 세상에 존재할 수 있다고? 2,222m 높이의 멘리헨은 알프스산맥에 휘감겨 있는 작은 공간이었고, 하늘은 끝없이 맑았다. 만약 프로메테우스가 신들로부터 횃불을 훔쳐 인간에게 전달했다면 그 성스러운 장소는 반드시 이곳이어야 했다. 여기서 은하수를 볼 수 있다니, 카메라를 가져오길 정말 잘했다는 생각이 들었다. 방금까지 증오하던 과거의 나를 무한히 칭찬하며 카메라를 설치했다. 산 위는 해가 짧았고, 덕분에 밤이 빨리 찾아왔다.

문제는 밤과 함께 비구름도 같이 왔다는 거다. 후드득 비가 내리기 시작했다. 잠깐 보이던 별은 금세 자취를 감췄다. 은하수 촬영은커녕 제대로 된 말짱한 별 하나 보지 못했다. 나는 다시 과거의 나를 저주하기 시작했다. '이런 멍청이, 그니까 돌덩이를 왜 들고 왔냐고.' 창문 앞에 털썩 앉아 허망하게 밤하늘을 바라보았다. 비는 멘리헨에도, 쓰임새를 잃은 카메라에도, 후회로 가득 찬 내 마음에도 내렸다. 결국 스위스에서 은하수를 찍는 일은 완전히 실패해 버렸다.

스위스 멘리헨. 아이거, 묀히, 융프라우를 포함한 알프스산맥이 360도로 감싸고 있다.

우주의 초창기는 놀랍도록 단순했다. 빅뱅 이후 우주는 마치 자취방 냉장고처럼 거의 비어 있었고, 주로 가벼운 원소인 수소와 헬륨만이 존재했다. 이 기본적인 원소들로는 지금의 우주처럼 복잡한 구조나 생명체를 만들 수 없었다.

그렇다면 우리가 알고 있는 다양한 원소들은 어디에서 왔을까? 이에 대한 해답은 별의 생애에서 찾을 수 있다. 별도 사람처럼 태어나고 일정 시간을 살다가 소멸하는데, 특히 무거운 별들은 생을 마감하는 순간에 화려하게 폭발한다. 이를 초신성 폭발이라고 한다. 이 폭발로 그 이전에는 존재하지 않았던 무거운 원소들이 생성되고, 우주 공간으로 퍼져 나간다.

초기 우주를 한번 상상해 보자. 깨끗하게 정리된 부엌이지만 요리할 재료는 거의 없는 상태. 그런데 갑자기 초신성 폭발로 마치 마법처럼 다양한 식재료와 향신료들이 주방 곳곳에 쏟아져 나온다. 이렇게 다양한 원소들이 우주 공간에 퍼져나가면서 복잡한 '요리' 즉, 보다 다양하고 복잡한 물질 구조의 형성이 가능해진 것이다.

별이 죽으며 생성된 무거운 원소들 덕분에 지구도 생겨날 수 있었다. 암석과 땅, 생명체를 이룰 수 있는 무거운 원소들도 가득해졌다. 만약 초신성 폭발이 없었다면 지구는 아마도 천왕성처럼 땅 한 점 없는 가스 행성이 되었을 것이고, 생명체 역시 탄생할 수 없었을 것이다. 별의 죽음은 단순한 파괴가 아니라, 다채로운 지구의 모습과 다양한 생명 형태들이 존재할 수 있는 새로운 창조의 시작인 것이다.

별의 폭발적인 종말이 인간에게 새로운 기회를 선사한 것처럼, 나의 스위스 은하수 촬영 실패도 예상치 못한 선물을 가져다주었다. 기껏 친구에게 빌려서 고생고생해 짊어지고 온 최고급 DSLR을 써먹지도 못했다. 하지만 칼을 빼 든 김에 무라도 썰어

경건한 자세로
방 안에서 비구름을
체크하고 있는 모습.

야 하지 않겠는가. 나는 기왕 카메라를 챙겨 온 김에 지은을 찍기 시작했다. 거대한 카메라로 본인을 조준하자 지은은 잠시 멈칫하더니 이내 포즈를 취하기 시작했다. 여기 서 봐, 저기 서 봐, 하면 군말 없이 서서 맑은 표정을 짓는다. 참 대단하다.

사실 사진을 찍어 주는 것보다 찍히는 것이 나에겐 더 어렵다. 카메라를 갖다 대면 나는 곧장 돌하르방이 된다. 렌즈와 눈을 마주친 순간 메두사의 눈을 바라본 사람처럼 온몸이 굳는 것이다. 웃으라는 명령이 하달되면 내 머리를 망친 미용사가 "괜찮으세요?"라고 물을 때 짓는 표정이 나온다. "네……. 하하핫." 그러니 사진기만 갖다 대면 척척 포즈를 취하는 지은이 멋질 따름이다.

"오빠, DSLR로 찍으니까 진짜 다르긴 한 것 같아. 너무 좋아."

지은은 DSLR에 담긴 자신을 보며 환하게 웃었다. 그 순간, 카메라를 챙겨 온 게 얼마나 잘한 일인지 깨달았다. 내 저질 체력을 감안할 때 은하수를 찍느라 밤을 지새웠다면 나는 지은의 사진을 찍지 못했을 것이다. 어쩌면 천체 사진을 찍는 것보다 그녀를 찍는 것이 우리 부부의 삶에 더 큰 기쁨을 가져다주는 일일지도 모른다. 별이 죽어 남긴 잔해가 새로운 시작을 만들 듯, 은하수 촬영 실패가 오히려 우리 둘 사이에 좋은 대화의 씨앗이 되었다. 누가 알겠는가. 어쩌면 가장 반짝이는 별은 하늘에 있는 것이 아니라, 내 카메라 앞에 있었던 것인지도.

04

왜 카페 이름이 그냥그냥인가요?

집 앞에 '그냥그냥'이라는 카페가 있다. 어머니 또래쯤 돼 보이는 사장님이 혼자 운영하시는 곳이다. 정색을 하고 있는 동상 몇 개가 카페 곳곳에 서 있어 깜짝 놀랄 때도 있지만, 고소한 커피 맛과 사장님의 따스한 미소에 반해 단골이 되었다.

카페에 들어설 때마다 나는 어쩌다 카페 이름을 그냥그냥으로 지었을까 궁금했다. 무엇을 할까 고르다 그냥 카페를 하게 되셨을까. 이름을 지으려고 머리를 싸매고 고민하시다가 그냥 대충 짓기로 한 걸까. 아니면 카페 경력만 30년의 베테랑이지만 어느 날 진상 손님에 환멸을 느껴 그냥그냥 바람처럼 살기 위해 성북구 산자락에 카페를 여신 건 아닐까.

카페란 단어를 막연히 떠올리면 생각나는 곳이 있다. 교도소의 범죄자들조차도 모카포트로 커피를 마신다는 이탈리아다. 내가 처음 해외에서 커피를 시킨 것도 이탈리아였다. 무려 10년 전일이다.

당시 대학생이었던 나는 이탈리아에 여행을 다녀오면 더 멋진 사람이 된다고 믿었다. 비웃지 마시라. 베네치아의 풍류를 알고 로마의 정취를 이해하며 이탈리아인의 열정을 아는 남자가어디 흔하던가. 이른 아침, 버터 향이 가득한 크루아상을 건네는바리스타에게 찡긋 웃으며 "그라찌에"를 외치고 진한 커피로 하

내 핑계는 천문학이야

루를 여는, 재력은 없어도 체력과 여유를 가진 그런 신사가 되고 싶었다.

하지만 이탈리아를 떠돌던 당시의 나는 아직 커피에 눈을 뜨지 못했다. 아메리카노는 고사하고 밀크커피에도 설탕을 더 넣어서 마셨다. 그런 나에게 이탈리아 카페의 메뉴판은 가혹하기 짝이 없었다. 커피의 고장에 왔으니 에스프레소는 무리더라도 아메리카노쯤으로 타협을 할 생각이었던 나는 메뉴판을 보고 경악했다. '아메리카노가 없다고?'

커피 맛에 자부심을 가진 대부분의 이탈리아 카페에서는 아메리카노를 팔지 않았다. 어디서 주워들으니 '물 탄 맥주를 팔 수 없는 것처럼, 물 탄 커피를 팔 수 없다'는 자긍심이라고 했다. 그걸 알 턱이 없는 나는 메뉴판이 휘두르는 주먹에 쩔쩔매며 가까스로 주문을 시작했다.

문제는 주문도 쉽지 않다는 것이었다. 나는 카페에서 필요한 언어가 그렇게나 많은 줄 처음 알았다. 아메리카노는 왜 없나요? 에스프레소에 얼음을 넣어 줄 수 있나요? 덜 쓴 에스프레소는 없나요? 더 큰 잔에다가 주시면 안 될까요? 영어도 아닌 이탈리아어로 그런 말들을 정확히 구사하기란 불가능에 가까웠다.

나는 체념하고 에스프레소를 시켰다. 바리스타는 찡긋 웃으며 쥐콩만 한 잔에 한약 같은 액체를 넣어 줬다. 나는 흑마늘 즙을 삼키듯이 에스프레소를 삼켰다. 바리스타는 정확히 '어때? 커피 맛 죽이지?'라는 표정으로 나를 바라봤고, 나는 문자 그대로 죽을 것 같은 표정을 지었다. 결국 여행이 끝날 때까지 나는 커피에 익숙해지지 못했다. 유럽 여행을 마치고 나면 되어 있을 줄 알았던 멋쟁이 신사도 되지 못했다.

지난 주말에는 침대 밑에 블랙홀이라도 있는 것처럼 몸이 침대 아래로 한없이 빨려들었다. 나는 점심 전에 깨면 죽게 되는 사람처럼 누워 있었다. 허리가 '나 이제 끊어질 것 같아' 하고 신호를 주고 나서야 스멀스멀 침대에서 기어 내려왔다.

피곤함이 머리 위를 빙빙 돌자 진한 커피 한잔이 생각났다. 카페 그냥그냥에 갈 타이밍이었다. 잠자는 동안 머리에 지어진 새집을 가리기 위해 후드티를 걸쳐 입었다. 검은색 러닝 바지에 비싼 러닝화까지 신고 집을 나섰다. 방금 일어났지만 막 운동을 마친 성실한 스포츠맨 코스프레를 하고 싶었던 것이다. 준비 운동을 하듯이 얕은 허공을 괜히 툭툭 차며 기운차게 카페에 들어섰다. 나는 내 모습이 대충 배우 정해인처럼 땀의 성실함과 커피의 풍류를 아는 남자의 모습일 거라 기대했지만, 거울 속에는 땀에 전 노숙자 같은 사람이 서 있었다. 그러거나 말거나 커피 한 잔과 스콘을 시켰다. 맑은 가을바람이 커피 향과 함께 다가왔다.

내 평계는 천문학이야

나는 가을바람에 취해 처음으로 사장님에게 먼저 말을 걸었다.

"사장님, 근데요. 왜 카페 이름을 그냥그냥이라고 지으셨어요?"

사장님은 멋쩍게 웃으며 말했다.

"너무 성의 없어 보이죠?"

"아니요. 제가 좋아하는 곳이라 조금 더 알고 싶어서요."

사장님은 내게 받은 카드를 포스기에 긁으며 수줍게 말했다.

"사실은 아들이 지었어요. 뭐든 너무 의미를 두거나 집착하지 말고 살자는 의미예요. 별거 없죠?"

무엇이든 너무 많은 의미를 두지 말자는 사장님의 말과 미소에서 진한 여운이 느껴졌다. 동시에 그런 곳에서 카페 이름의 의미에 너무 집착한 건 아닌가 싶어 살짝 부끄러웠다. 고소한 아메리카노의 향이 가을의 향만큼 좋았다. 돌고 돌았지만 늦게라도 커피를 즐기게 되어서 좋았다. 이제 커피를 즐기게 되었으니 다시 이탈리아에 가면 나는 풍류를 아는 신사가 될 수 있을까. 이름의 의미를 알았으니 나는 이 카페를 더 사랑하게 된 걸까? 글쎄다.

잘은 모르겠지만 궁극의 행복이 케이크 한 상자라면 파란 하늘을 바라보며 커피를 한잔하는 지금 이 순간이 케이크 한 조각쯤은 되는 것 같았다. 그냥 그냥 커피를 마시면서 가을을 마시는 지금 이 순간이 무척 의미 있게 느껴졌다. 그것도 너무 많은 의미를 두지 말자는 '그냥그냥' 카페에서 말이다.

05

달은 도대체
언제 볼 수 있는 건데요!

한 달 내내 비가 와서 양말이 젖을 때마다 울고 싶었다. 그런데 이제는 밤에도 30℃에 육박하는 열기가 사방에서 터져 나와 사우나에 갇힌 기분이다. 이럴 때면 두 글자만 떠오른다. 가을.

가을을 기다리는 이유는 더위가 물러가기 때문이기도 하지만 별이 다가오기 때문이기도 하다. 가을철 밤하늘엔 별이 많다. 건조해지며 습도가 낮아져 대기 안정도가 좋고, 가을철 별자리들이 비교적 오밀조밀하기 때문에 별이 훨씬 많아 보인다. 게다가 숨겨진 딥 스카이(어두운 천체)도 많다. 외계인 모양으로 별이 모여 있어서 이름 붙여진 'ET 성단'부터 눈으로 볼 수 있는 가장 먼 천체 '안드로메다은하'도 가을에 뜬다. 옛날 옛적 철이가 은하철도 999를 타고 엄마를 찾으러 갔던 바로 그 은하다. 가을 하늘은 보물 같은 천체들의 화수분이라 할 수 있다.

어느 가을이었다. 깜찍한 단발의 초등학생 제자 정원이 물었다.

"쌤, 근데 왜 달이 없어요?"

"응, 오늘은 달이 없는 날이야."

"네? 달이 없다고요? 밤인데 달이 없다니요?"

어째서 달이 없냐며, 숨겨둔 달을 어서 꺼내놓으라는 말투다.

"달은 자주 볼 수 있잖아. 오늘은 날씨가 엄청 좋아서 숨겨진 별들을 보여 주려고 했는데, 달이 더 보고 싶어?" 간절한 표정을 하고 물어도 그렇다며 끄덕인다. 이를 어쩐담.

달은 하루에 약 50분씩 늦게 뜨고 늦게 진다. 어제 오후 7시에 떴다면 오늘은 오후 7시 50분에 뜨는 식이다. 이렇게 조금씩 밀리다 보니 어느 날은 달이 낮에 뜨고, 어느 날은 새벽에 뜨기도 한다. 달을 저녁 시간에 볼 수 있는 날은 기껏해야 한 달에 열흘 남짓이다. 정원이 온 날은 달이 낮에 뜬 날이었고, 결국 아이는 얼굴에 실망을 새기며 돌아갔다. 달이 없는 게 내 탓은 아니지만 이런 순간엔 늘 미안한 마음이 든다.

그다음 달, 정원은 천문대에 거의 날아들어 오며 말했다.

"쌤, 지난달엔 못 봤으니, 오늘은 볼 수 있겠죠?"

"음…. 오늘도 없어. 한 시간 전에 졌거든."

"도대체 달은 언제 볼 수 있는 건데요!"

정원은 아쉬움과 짜증이 섞인 목소리로 말했다. 그 목소리는 묵직하게 날아와 가슴팍에 꽂혔다. 스트라이크! 무조건 달을 내놓으란다.

이 좋은 가을날 어째서 정원은 달을 고집하는 걸까. 달이야 마음만 먹으면 얼마든지 볼 수 있다. 계절도, 날씨도, 심지어 장비의 영향도 적다. 팔뚝 정도만 되는 망원경이 있다면 '낮'에도 관측이 가능하다. 240만 광년이나 떨어진 안드로메다은하 대신 달이라니, 어리다지만 몰라도 너무 모르는 게 아닌가.

내 핑계는 천문학이야

"우와! 드디어 달이다!!!"

"응. 겨우 타이밍이 맞았네. 실컷 보렴."

"대박. 크레이터가 이렇게 잘 보이는 거였어요?"

타이밍이 맞은 덕에 정원은 몇 달 만에 겨우 달을 볼 수 있었다. 세상 저렇게 환할까 싶은 미소를 얼굴에 띠고 있더랬다. 그제야 어설픈 반성이 든다. '나의 일은, 내가 좋아하는 것을 소개하는 것이 아니라, 아이들이 좋아할 만한 것을 보여주는 일이구나.'

아버지에게 "캐비어 드실래요, 김치찌개 드실래요?" 하고 여쭤본다면 아버진 두말하지 않고 김치찌개를 고를 게 분명하다. 누군가를 만족시키는 게 꼭 귀하고 희소성이 있어야 하는 건 아닌가 보다. 언제고 하늘에 떠 있을 것 같은 달도, 아이들이 볼 때는 분명 의미가 다르다. 연신 눈을 떼지 못하고 보는 정원이처럼.

"쌤, 이거 진짜 달 맞아요? 사진 붙여 놓은 거 아니에요?"

아직도 믿지 못하겠다는 듯 눈을 비비며 망원경을 들여다보는 아이를 보니 괜히 마음이 짠해진다. 달 한번 진하게 보시네, 이 어린이.

06

인생도 과학처럼
합리적이면 좋겠다

어젯밤에도 기어코 주문 버튼을 누르고 말았다.

배달 앱으로 가장 빠르게 배달되는 닭발 세트를 시켰다. 마요네즈가 듬뿍 뿌려진 주먹밥과 달콤한 요구르트까지 들어 있었다. 밤 12시, 조용히 자고 있는 지은에게 가서 속삭인다.

"나 오늘 너무 피곤한데, 맥주 한 캔만 해도 돼?"

결혼을 앞둔 남성들에게 고한다. 당신은 세상에서 가장 아름다운 신부와 사는 대신 각종 허락을 받아야 할 것이다. 맥주 한 캔을 마실 때도, 바지가 해져서 새로 사야 할 때도, 친구를 만나러 갈 때도 내무부장관의 결재가 필요하다. 하지만 수직적 시스템이란 게 그렇듯 종종 알 수 없는 이유로 거절당한다.

"안돼. 이번 주에 술 너무 많이 마셨어."

"무슨 소리야, 이번 주엔 수요일에 한 캔 마신 게 전부인데!"

'자주'라는 단어가 상대적인 것은 맞지만, 일주일에 두 번은 관습적으로 늘 허용되던 빈도였다. 나는 이번이 이번 주에 마시는 두 번째 술이라며 항변했다. 정확한 데이터를 제시했지만 결재자의 목소리는 한껏 더 엄중해졌다. "안된다니까." 나는 풀이 죽은 채로(사실 삐진 채로) 돌아섰다.

머리가 아팠다. 나는 어렸을 때부터 꿈이 천문학자였고, 이과를 거쳐 대학도 이공계열을 나왔다. 직장도 천문대이니 완벽한 이과인이라고 할 수 있다. x가 들어가면 y로 나오는 논리의 세상에서 살아온 나는 비합리적인 거절에 완전히 맥이 빠져 버렸다. 제4차 산업 혁명을 바라보는 이때, 어찌하여 감성적인 이유로 주 2회라는 합리적인 제안이 거부된단 말인가. 나는 과학의 아들로서 비논리적인 결정에 절대 동의할 수가 없다. 우리의 인생도 과학처럼 더 합리적이었으면 좋겠다.

나는 과학을 사랑하고 현대 과학의 집약체인 우주 탐험은 더 사랑한다. 인간은 1969년 달에 발자국을 찍기 시작한 이래로 총 여섯 번의 달 착륙이라는 금자탑을 쌓았다. 그것도 모자라 우주에 국제우주정거장이라는 축구장만 한 기지를 띄워 놓고 사람을 거주시키고 있다. 이제 목표는 화성이다.

하지만 인류의 우주 탐사를 보고 있자면 의문이 하나 생긴다. 꼭 '인간'이 우주로 가야 했을까? 글쎄다. 다른 건 몰라도 경제적인 측면에서는 인간 대신 로봇을 보내는 게 훨씬 싸게 먹힌다. 보통 사람이 한 번 우주에 갔다 올 비용이면 로봇을 30번 넘게 우주로 보낼 수 있다. 로봇은 식사나 물을 요구하지 않는다. 복잡한 생명유지 장치나 우주복도 필요 없다. 윤활유만 듬뿍 발라 주면 부드러운 몸짓으로 보답한다. 로봇은 더럽다고 불평하지 않으며 괴상한 바이러스에 감염되어 생사를 가를 걱정도 없다.

가장 좋은 점은 탐사를 마치고 다시 지구로 데려오지 않아도 된다는 점이다. 월급에 위험수당까지 얹어 줘야 하는 인간과는 사뭇 다르다. 그러니 경제적으로 우주를 탐구하는 것이 목적이라면, 인간 1명 대신 로봇을 30대 보내는 게 낫다.

안전은 또 어떠한가. 1986년, 우주왕복선 챌린저호는 발사 직후 폭발했다. 탑승해 있던 우주인 7명은 전원 사망했다. 2003년에는 우주왕복선 컬럼비아호가 착륙 도중 폭발해 우주인 7명이 모두 사망했다. 우주왕복선이 135회 운용되는 동안 끔찍한 사고가 두 번이나 난 것이다. 수치로는 임무 수행 중 사망률이 1.5%에 이른다. 당신에게 묻는다. 갑작스러운 기상 이변으로 오늘 문밖을 나서면 1.5%의 확률로 번개에 맞는다. 당신은 오늘 집을 나

설 것인가? 아마도 고민 없이 유튜브를 켜며 자가 안전 모드로
돌입할 것이다. 하물며 우주 탐사의 경우엔 사망률이 1.5%다. 유
인 우주 탐사는 안전과는 거리가 멀다.

다시 말하면 인류의 우주 탐사는 가슴 벅찬 일이지만 인간이
직접 우주로 가는 일은 그다지 합리적이지 않다. 사실 아주 비효
율적이다.

그래도 인간은 우주로 향한다. 로봇을 보내 환경을 충분히 파
악한 뒤 기어코 그곳에 다다른다. 효율과 경제성, 안전을 깡그리
무시하면서도 로켓에 탑승한다. 탐험 정신으로 일컬어지지만 결

국은 감성인 것이다. 인류란 눈 덮인 에베레스트산을 기어코 두 발로 오르고, 캄캄한 바닷속을 산소통 하나로 헤엄치며, 자동차를 두고 굳이 42.195km를 달려 완주하는 족속이지 않은가. 인류는 결국 화성에 첫발을 내딛게 될 것이다. 해야 하기 때문이 아니라 하고 싶기 때문이다. 우주인들은 인간이라는 존재를 우주 탐사의 지평을 여는 것으로 증명하고 있다. 과학도 효율이나 논리 대신 감성이 우선되기도 한다.

갑작스레 바빠진 회사 일에 휴식이 사라진 어느 봄이었다. 나는 벚꽃 구경조차 하지 못하는 상황에 완전히 지치고 말았다. 어쩌면 벚꽃보다 벗이 더 그리웠는지 모르겠다. 친구들과의 만남이 단절되자 나는 로봇청소기처럼 집 바닥을 쓸고 다니며 괴상한 소리를 냈다. "어어어 억." 와이프는 바퀴가 한쪽 고장 난 것처럼 삐걱대는 내 상태를 보더니 혀를 끌끌 찼다. 그러곤 AS 수리 기사처럼 정확한 수리 지침을 내어놓았다.

"그러지 말고 용운 오빠네 집에서 하루 자고 와."

"응? 왜?"

"그냥. 가서 술도 한잔하고 오래간만에 스트레스 좀 풀어."

결혼의 좋은 점은 이런 것이다. 가끔은 이유와 설명이 없어도 된다. 논리적이지 않아도 이해받을 수 있다. 어떤 우매한 작가는 우리의 인생도 과학처럼 합리적이었으면 좋겠다고 썼다. 그 사람은 자기 말이 더 논리적이라며 우기다 매번 와이프에게 차가운 눈초리나 받는 어리석은 삶을 살고 있을 게 분명하다. 그런 사람이 과학자를 했다간 인류는 달은커녕 지금도 지구 주위에 드론이나 쏘면서 '역시 드론이 안전해' 하며 자위하고 있을 것이다. 역시, 내가 과학자가 되지 못한 덕분에 인류는 우주로 조금 더 쉽게 진출했다.

오늘부터라도 재수 없는 이과생에서 감성적인 사람이 되어 보고자 한다. 그러면 일주일에 두 번 맥주 한 캔을 허락받는 일도 분명 수월해지지 않을까?

07

그러니까 화성에 로봇은
왜 또 보낸 건데?

2021년 2월 18일, NASA의 새로운 화성 탐사 로봇 퍼서비어
런스Perseverance가 화성 표면에 착륙을 시도했다. 말이야 간단하지
만, 총알보다 다섯 배나 빠른 탐사선의 속도를 사람 걸음걸이 속
도 정도로 줄여야 가능한 일이다. 화성의 대기 밀도는 지구의
1%밖에 되지 않기에 감속을 시키는 것은 여간 힘든 일이 아니
다. 빙판길에서 벽을 향해 시속 200km로 달리는 차를 멈추는 것
보다 100배쯤 더 어려운 일이라면 이해하겠는가?

험난한 착륙 과정 때문에 바퀴가 달린 로봇은 단 4대만이 화
성에 착륙했다. 퍼서비어런스가 역사상 다섯 번째로 화성에 안
착했다는 소식이 발표되자, 나는 NASA의 직원처럼 만세를 하며

방방 뛰었다. 이 경사로운 사실을 천문대를 찾은 아이들에게도 전했다. 아이들도 붉은 행성과 로봇을 번갈아 상상하며 흥분했다. 그런데 한 친구가 눈을 몇 번 껌뻑이더니 물었다.

"선생님, 근데 화성엔 왜 자꾸 로봇을 보내는 거예요?"

"화성에 대해서 궁금한 게 많으니까."

"이미 네 번이나 로봇을 보냈다면서요. 그런데도 또 보내야 해요?"

그러고 보니 비슷한 일을 뭘 그리 자주 하나 싶기도 하다. 새로운 행성에 로봇을 보내는 것으로 인류의 지평을 넓히는 것이 목표라면, 한 번씩으로도 충분할 것이다. 남는 돈으로 딱딱한 로봇보다는 부드러운 빵이 더 필요한 어려운 이웃을 도와야 하지 않았을까? 어쩌면 아이는 이렇게 묻고 싶었는지도 모른다. "도대체 우주를 탐사해서 얻는 게 뭔가요?"

천문학자들은 우주를 연구하며 흥미로운 사실들을 발견했다. 태양계의 행성들이 여러 번 재앙을 겪었다는 것이다.

- 과거의 화성은 푸른 바다와 강이 넘쳐흘러 크루즈 여행을 할 수 있을 정도였다. 지금은 낙타를 타고 다녀야 할 것 같은 황량한 사막 행성으로 변해 버렸다.
- 금성은 한때 지구처럼 포근한 기온이었지만 알 수 없는 이유로 극단적인 온실 효과가 발생했다. 결국 라지 사이즈의 불고기 피자가

단 9초 만에 노릇해질 정도(약 480℃)로 뜨거워져 버렸다.

· 커다란 소행성은 백만 년을 주기로 지구에 떨어지며, 이에 맞아 지구를 호령하던 티라노사우루스는 절멸했다.

더 끔찍한 사실은, 이러한 사건들이 당장 우리에게 일어나지 말란 법이 없다는 것이다. 만약 화성처럼 지구의 물이 갑자기 사라진다면 우리는 살아남을 수 있을까? 지구를 파괴할 만한 소행성이 다가오는데, 이를 피할 방법이 전혀 없다면 어떻게 될까? 우리는 과거의 티라노사우루스와 똑같은 신세가 된다. 정말 자존심이 상하는 일이다.

천문학은 '국방'의 관점에서 바라볼 필요가 있다. 국방 문제는 생존과 직결된다. 남과 북은 휴전 이후 한 번도 전면전을 벌인 적이 없지만, 군비 지출은 매년 늘어나고 있다. 대한민국 전체 예산의 약 10%가 국방 예산으로 쓰일 정도다. 언제라도 수백 발의 미사일이 날아올 수 있다는 마음가짐으로 대비하고 있기 때문이다. 하지만 단 한 발로도 지구를 전멸시킬 수 있는 소행성에 대해서는 몹시 관대하다. 지금까지 문제가 없었으니 앞으로도 괜찮을 거라는 막연한 믿음을 우주의 재앙에게만 갖고 있다.

당장 탱크를 살 돈으로 망원경을 사자고 주장하는 건 아니다. 하지만 최소한 극히 일부의 비용이라도 전 지구적인 재앙과 위험을 인식하는 데 사용해야 한다. 인류의 과학은 계속 발전해야 한다. 화성에 가는 일은, 더 나아가 우주를 탐구하는 일은 지구를 떠나려는 것이 아니다. 지구를 지키려는 것이다. 그 험난한 여정의 일환으로, 바퀴 여섯 개 달린 로봇이 화성으로 향했다.

나의 인생 드라마 〈스토브리그〉는 프로야구 꼴찌 팀에 부임한 백승수 단장(배우 남궁민)이 다음 시즌을 준비하는 이야기다. 백 승수 단장은 만년 꼴찌 팀의 발전을 위해 고군분투하지만 맞서 싸워야 할 것들이 많다. 직원들의 텃새, 코치진의 편 가르기, 구단의 열악한 지원까지. 단장은 결심한 듯 구단 첫 회식 자리에서 담담히 말한다.

"변화는 필요합니다. 팀에 조금이라도 도움이 된다면, 전 할 겁니다. 팀에 조금이라도 해가 된다고 생각되는 일이면, 잘라내 겠습니다. 해왔던 것을 하면서 안 했던 것들을 하겠습니다."

이 말처럼, 퍼서비어런스는 NASA가 해오던 일에 새로운 시도를 더해 발전시킨 탐사 로봇이다. 퍼서비어런스가 착륙한 곳은 예제로 크레이터로, 과거 화성에서 강물이 흘렀던 하구이다. 화성에 생명체가 존재했었다면 그 흔적은 이 강의 하구에 쌓였을 가능성이 크다. 이곳에서 퍼서비어런스는 박테리아와 같은 생명체의 흔적을 찾기 위해 화성으로 향했다.

색다른 시도도 진행되었다. 화성 전용으로 만들어진 초경량 드론을 띄워 탐사선이 접근하기 어려운 계곡과 절벽을 효율적으로 탐사했다. 또한, 화성 대기의 95%를 차지하는 이산화탄소를 산소로 변환하는 실험도 수행되었다. 이 실험이 성공한다면 미래에는 인간이 공기통 대신 산소 발생기를 메고 가뿐하게 화성 땅을 누비게 될지도 모른다.

화성을 탐사하는 일은 어떤 이들에게는 편의점에서 마음에 드는 도시락을 고르는 것만큼 흥미로운 일이 아닐 수도 있지만, 우리의 과학은 이러한 과정 속에서 발전해 왔다. 해왔던 것 위에 새로운 시도를 더해 가면서 말이다.

이제 퍼서비어런스는 화성을 누비며 약 2년간의 탐사를 마쳤다. 사막 행성을 유람하며 과거 생명체의 흔적을 찾았고, 화성에 존재했던 물이 왜 사라졌는지에 대한 단서를 제공했다. 인류는 이렇게 한 발짝씩 나아가면서, 티라노사우루스와는 다른 운명으로 걸어가고 있다.

내 평계는 천문학이야

08

날씨를 보는 삶

아침마다 나는 날씨 예보 앱을 켠다. 천문대 강사인 내게 날씨는 중요한 정보다. 오늘도 기상청은 밤에 비가 올 거라며 조심스레 예보를 내놓는다. 마치 싸운 뒤 괜찮다고 말하는 연인처럼, 그 말을 그대로 믿어야 할지, 아니면 혹시 맑아질지 고민하게 만든다. 하지만 이미 잘 알고 있다. 결국 밤이 되어야만 진짜 날씨를 알 수 있다는 것을.

천문대 강사로서 날씨 예보가 틀리면 당황스럽기 그지없다. 하지만 기상청에 대고 불평을 늘어놓는 것도 점점 조심스러워진다. 기상이변의 주범은 지구 온난화라는 걸 알기 때문이다. 그리고 그 온난화에 나도 한몫을 했을 가능성이 높다. 지난 몇 년간 배달 음식을 시키느라 쌓아 올린 일회용기들만 해도 지구의 온도를 1℃쯤 올리지 않았을까 싶다. 끊임없이 쌓여 가는 배달 앱의 누적 포인트를 보자면 앞으로도 기상청의 일이 더 어려워질 게 분명하다.

내가 가장 충격을 받으며 본 밤하늘은 당연히 스위스의 알프스 산자락에서였다. 돈보단 체력이 몇 배는 많았던 대학생 시절, 두 달간 유럽 자전거 여행을 하던 중 알프스 산자락에 묵었다. 클라이네 샤이덱이라는 2000m 고지에 있는 마을이었고, 도착했을 때는 해가 뉘엿뉘엿 지고 있었다. 당시 나는 자전거 여행을 시작한 지 한 달쯤 되었는데, 그 말은 내 꼴이 꾀죄죄한 범죄자 같았다는 뜻이다. 진흙탕에서 구른 것같이 얼룩덜룩하게 타버린 피부와 먼지투성이의 머리카락은 당장 목욕 치료가 필요했지만, 내 관심사는 다른 곳에 있었다. 나는 삐걱대는 자전거를 세워 놓고 숙소에 뛰어 들어가 물었다.

"기상청 예보를 보니 오늘 밤 날씨가 안 좋다던데, 그럼 별을 못 보나요?"

"그렇죠. 기상청이 맞다면 말이에요. 하지만 여긴 산이에요. 기상청의 예보는 그냥 그들의 생각일 뿐이죠. 산의 날씨는 산이 정해요."

정말 그랬다. 산의 날씨는 10분마다 변했다. 산신령이 기운을 모으듯 산안개가 피어오르다가도 갑자기 쨍하니 햇살이 비쳤다. 날씨 앱에는 쨍하니 맑다고 표시되어 있지만 현실에선 비가 쏟아지기도 했다. 이런 곳에서 진득하니 별을 보자니 실망스러운 결과가 나올 것이 뻔했다. 나는 별 대신 몸을 더 잘 살피기로 하고 일찍 잠에 들었다. 하지만 '그래도 알프스인데' 싶어 자정쯤 깨어 밖으로 나와 봤다.

그 순간, 내 눈앞에 펼쳐진 밤하늘을 아직도 생생히 기억한다. 마치 어릴 적 가지고 놀던 색 모래를 하늘에 쏟아놓은 듯, 별들이 빛나고 있었다. 나는 경악했다. 집 앞에서 보던 흐릿한 밤하늘과는 차원이 달랐다. 별들이 "스위스에선 좀 더 힘내서 빛을 내자!"라고 말하는 것 같았다. 한옥의 아름다움을 보려면 한국에 와야 하듯이, 별을 보려면 스위스에 와야 하는구나, 라는 생각이 절로 들었다.

몇 년 뒤, 다시 스위스를 찾았다. 이번에는 천문대 동료들과 함께였다. "은하수가 정말 하늘에 강처럼 흐른다니까. 저 푸른 초원 위에 그림 같은 집을 짓고 사는 청정국에서 별 안 볼 거야?" 동료들은 마치 설득되기로 약속된 사람들처럼 스위스에 가자는 내 제안을 흔쾌히 수락했다. 그리하여 자그마치 7명이 함께 스위

내 핑계는 천문학이야

스에 가게 되었다.

우리가 도착한 곳은 1,600m 고지에 위치한 동화 같은 마을, 뮈렌이었다. 나는 클라이네 샤이덱에서 봤던 그 찬란한 별빛을 떠올리며 밤이 오기만을 기다렸다. 해가 지고 부슬부슬 내리던 비가 그치자마자 밖으로 뛰쳐나가 하늘을 올려다보았다.

밤하늘은 아름다웠다. 별이 참 많았고 하늘도 깨끗했다. 그러나 클라이네 샤이덱에서 본 밤하늘은 아니었다. 은하수는 흐릿했다. 별빛도 덜 밝았다. 나는 스위스에게 속은 것만 같았다. 그 눈물이 날 것 같았던 클라이네 샤이덱의 밤이 거짓말처럼 느껴졌다. 이럴 리가 없다. 스위스의 밤하늘이 이래서는 안 되는 것이다.

실망감이 차오른 나는 밤하늘에서 시선을 떼고 주변을 둘러보았다. 산봉우리는 여전히 비현실적으로 흰 눈에 덮여 있었고, 잔디는 생글생글 푸르렀다. 분명 내가 알고 있는 스위스의 모습과 다를 게 없었다. 밤하늘을 다시 바라보았다. 별들은 여전히 힘차게 빛을 내고 있었다. 은하수도 흐릿하긴 했지만 평소에 보던 것보다는 훨씬 선명했다.

우두커니 서서 생각에 잠겼다. 어쩌면 스위스의 밤하늘은 변하지 않았을지도 모른다. 변한 것은 나였다. 천문학과 학생이었던 나는 이제 천문대장이 되었고, 나이도 먹었다. 그동안 미국, 몽골, 캐나다, 유럽과 동남아 곳곳을 다니며 빼어나게 아름다운

밤하늘을 보았다. 어쩌면 변한 것은 스위스가 아니라 나의 기대 치였을지도 모른다.

기대는 때로 만족을 갉아먹는다. 싸이의 〈강남스타일〉 이후 다음 신곡을 들었을 때, 맛있다고 소문난 닭강정을 한 시간 동안 기다려 먹었을 때, 첫인상이 좋았던 사람과 일주일간 일해 보았을 때, 나는 실망했다. 이 모든 것은 내가 세운 기대 때문이었다. 행복은 가까이 다가오다가도 기대에 질려 멀리 달아나 버리곤 한다. 어설픈 기대는 실망의 씨앗이 되어 눈부신 스위스의 밤하늘마저 앗아가 버렸다.

나는 아침에 본 기상청 예보를 다시 들여다보며 생각했다. 내가 너무 많은 기대를 하는 건 아닐까? 날씨를 정확히 예측하는 일이 그렇게 쉽다면 굳이 기상청까지 만들어 수천 명을 훈련시키고 기상 인공위성을 우주로 쏘아 올릴 필요가 있었을까? 물론, 불평은 여전하다. '그래도 기상청이라면 날씨 정도는 맞춰야 하지 않나?' 기대를 내려놓는 일은 역시 어렵다.

오늘 밤에 기상청은 비가 올 거라 예보했다. 나는 별을 볼 수 있을 거라는 기대를 내려놓았다. 그러나 만약 기상청 예보가 틀려서, 흐리지만 구름 사이로 몇 개의 별빛이라도 내려온다면 나와 천문대를 찾은 아이들은 환호하며 그 반짝임을 맞이할 것이다. 채근하지 않을수록 더 간결한 행복이 찾아온다는 걸 알기에, 간절히 원하는 것일수록 기대를 내려놓을 수 있으면 얼마나 좋을까, 하고 생각해 본다.

09

MBTI 비 신봉자의 망상

성격 유형을 알아보는 MBTI가 유행이다. 나의 MBTI는 ESFJ 라고 했다. 외향적이고 계획적이며 친절하지만 현실적이란다. '현실적임'을 다시 풀이하면 다양한 상상을 하지 않는 사람이라 고 했다. '평소에 누가 망상을 하며 살아?' 하고 이 어이없는 풀이 를 직장 동료들에게 말하니 찬빈이 말했다.

"상상력이 부족하신 거 아니에요?"

소위 망상을 잘한다는 MBTI 유형의 두 동료는 경쟁하듯 자 신들의 상상력을 자랑했다.

"길에 가로등이 갑자기 쓰러지면 난 어디로 피하나 상상하지 않아요?"

"저는 갑자기 외계인이 오면 한국말을 할까 영어를 할까 고민해요."

"드라큘라가 분명 어딘가 살아있을 수도 있다고요!"

그들의 이야기를 들으며 경악했다. 나는 현실에 일어나지 않을 일들을 떠올리는 것조차 어렵다. 좀비 영화를 볼 때도 '뭐 저런 허무맹랑한 일을 영화로까지 만들까' 싶어 집중할 수가 없다. 그런데 망상인(우리 천문대에서는 N타입을 이렇게 부른다)들은 수업 중에 교실로 좀비가 들어오는 망상이 끊임없이 든다는 것이었다. MBTI 비 신봉자로서 사람의 유형을 16가지로 나누는 것을 반대하지만, 극명한 차이가 놀랍기도 하다.

망상까진 아니지만 사실 나도 가정 정도는 하는 편이다. 예를 들면 친구 용운과 매주 로또를 사며 상상의 나래를 펼치는 것이다. 나와 용운은 1등을 했을 경우 같이 행복하기 위해 로또 번호도 똑같은 것으로 산다. 우리는 매번 구매 버튼을 누를 때마다 서로에게 챗을 보낸다.

"이번에 느낌이 좋네. 1등 되면 뭐 할까?"

그러면 용운은 망설이지 않고 말한다.

"1등 되면 하와이로 은하수나 보러 가자. 뚜껑 열리는 차 빌려서!"

"그래, 그거지!"

물론 1등이 되는 일은 일어나지 않는다. 1등은커녕 5등도 안된다. 한 번도 제대로 당첨된 적이 없으면서 매주 복권을 사는 나도 웃기지만, 복권이 당첨되면 저택이나 스포츠카를 사는 대신, 렌터카를 빌려 하와이 가서 별이나 보자는 우리의 야망도 참 가소롭다.

어쩌면 그의 말이 맞다. 행복은 무조건 비싼 걸 손에 넣을 때보다 평소엔 꿈도 못 꾸던 일을 해볼 때 더 크게 다가오는 법이다. 나는 새로 나온 자동차를 좋은 가격에 구매했을 때보다 사랑하는 친구와 마주 앉아 평소엔 비싸서 엄두를 못 내던 위스키를 마시며, 불현듯 찾아오는 스트레스에서 벗어나 시시콜콜한 과거 대학 생활 이야기를 나눌 때 더 행복했다. 한껏 취해 토론하며 싸우다가도 다음 날 김치찌개로 해장하고 커피를 한 잔 나눌 수 있는 사람이 있다는 것이 감사하다.

그러고 보니 용운의 MBTI 유형도 나와 똑같은 ESFJ다. 같은 성격 유형이라 꾸준히 친하게 지내는 걸까? 글쎄다. 실상 그와 나는 성격이 영 다르다. 나는 가는 곳마다 지갑이며 차 키를 흩뿌리고 다니고, 용운은 늘 그것들을 조용히 주워서 고운 욕 한 바가지와 함께 내게 준다. 용운은 고기를 직접 맛있게 구워 누군가에게 대접하는 걸 좋아하고, 나는 고기 집게와는 원수를 진 것처럼 거리를 둔 채 고기를 구워 주는 그를 영웅처럼 바라본다. 그런데 우리가 같은 MBTI라고? 역시 믿을 게 못 된다. 그래도 상관없다. 우정도, 사랑도, 성격도, 즐거움도 MBTI로 결정되지는 않으니까. 어쩌면 무엇도 MBTI로 결정되지 않기 때문에 MBTI를 물어보는 게 즐거운 거 아닐까?

나는 망상하지 않는 ESFJ 인간이지만 다음 달엔 물가가 떨어지지 않을까, 이번 주엔 복권이 당첨되지 않을까 상상하며 오늘을 산다. 내일도 모레도 망상은 안 하지만 기대는 할 것이다.

10

너희들이 내 우주야

가을이다. 가을이 된 지 얼마 안 됐지만, 벌써 춥다. 분명 10년 전만 해도 가을이 되면 날은 선선하고 하늘은 높았으며, 말도 살찌고 나도 살찌는 그런 계절이었다. 날씨가 완벽한데 어찌 집에만 있을 수 있냐며 무지막지하게 떠돌며 먹어댄 탓이었다. 한데 요즘은 가을이 마치 주말 같다. 올 때까지는 한참 걸리는데 막상 오면 금세 지나간다. 가을보다는 유사 겨울 같아서 종종 나는 가을을 '겨을' 정도로 불러야 한다고 주장한다.

그래도 가을은 좋다. 무더위가 갔으니까, 아직 손이 시릴 정도로 춥지도 않으니까. 거대해진 뱃살을 긴팔로 가릴 수 있는 시작점이니까. 그런 계절은 역시 가을이라고 불러야 제맛이다.

몇 년 전 10월이었다. 러닝을 좋아하는 사람에겐 이 시기만큼 좋은 때도 없다. 한여름보다 적어도 1km는 쉽게 더 뛸 수 있고 잘 지치지도 않는다. 시원한 바람은 땀을 가볍게 날려 준다. 습습후후, 호흡하기도 적당한 습도다. 고작 3km쯤 뛰는 주제에 뭘 아는 척이냐 싶겠지만, 왜 미식가가 아니어도 삼겹살집 정도는 추천할 수 있지 않은가.

그날도 밤 12시쯤, 슬슬 뛰기 위해 집 밖으로 나섰다. 청명한 가을밤이라 늦은 시간인데도 사람들이 꽤 있었다. 뛰기 전에 이어폰을 귀에 꽂고 무슨 노래를 들을까 고민하던 찰나, 마침 헤이즈의 신곡이 눈에 들어왔다. 제목이 〈만추〉였다. 늦가을이라니! 계절 맞춰 타이밍 좋게 나온 노래라 고민할 필요도 없이 곧장 재생 버튼을 눌렀다. 둔두두둥, 드럼 소리와 함께 노래가 시작됐다. 비트에 맞춰 나의 발구름도 시작됐다.

첫 소절이 나오자마자 속으로 외쳤다. '뭐야, 이건 세상에서 가장 완벽한 가을 노래잖아.' 가사는 쓸쓸한데 멜로디는 기분 좋게 흥이 나고 비트에서는 가을 향이 넘쳐흘렀다. 그랬다. 이 노래는 가을 그 자체였다. 노래를 들으며 뛰다 보니 기울어진 달빛도, 달빛에 반짝이는 강변도 모두 낭만적으로 보였다. 나는 평소보다 두 배는 더 오래 뛰었다.

그날의 기억 때문일까. 가을만 되면 자연스레 헤이즈가 떠오른다. 강산이 변하고 인공지능이 세상을 뒤흔들어도, 생일 축하 노래는 여전히 '해피 벌스데이 투 유'인 것처럼, 내게 가을 노래는 여전히 그 노래다. 몇 년이 지나면서 이제는 반대로 헤이즈라는 이름만 들어도 가을이 떠오른다. 헤이즈가 가을이고, 가을이 헤이즈가 된 셈이다. 상징이 생기고 나니 짧기만 하던 가을이 조금 더 길게 느껴졌다.

얼마 전 정말 애정하던 제자들이 천문대 수업을 졸업했다. 아연, 우진, 연성. 이 아이들은 무려 4년이나 천문대에 다녔다. 한 달에 한 번씩 천문대에 올 때마다 마치 비 온 뒤 쑥쑥 자라는 옥수수처럼 눈에 띄게 성장해 있었다. 부모가 아이들을 보며 '이 작은 생명체가 언제 다 클까' 염려하는 것과는 사뭇 다른 감정이었다. 동시에, 이렇게 사랑스러운 아이들이 지체 없이 쑥쑥 자라는 것이 아쉬운 부모의 마음을 잠깐이나마 느낄 수 있었다.

아이들은 서울에서 태어나고 자랐지만 마음이 순수하고 솔직했다. 편견 없이 우주를 좋아했고, 아이들을 가르친 나 또한 계산 없이 좋아해 줬다. 특히나 고마웠던 건 갑작스레 날아드는 아이들의 문자 세례다. 띠링. 아연이는 시시때때로 사진을 찍어 자신의 우주를 내게 보냈다.

"쌤! 이거 보세요~ 가로등 같지만 달이랍니다!"

내 핑계는 천문학이야

"과학관에 왔는데 우리의 갈갈이(갈릴레오 갈릴레이의 줄임말)
아저씨가 있네요!"

"할머니 댁 가면서 찍은 멋진 구름이에요!"

대머리 갈릴레이를 만나도, 기울게 뜬 상현달을 마주쳐도, 멋
진 천체 사진을 만나도 아연이는 내게 문자를 했다. 우진이도, 연
성이도 어디선가 우주와 관련된 이야기를 들으면 문자를 보냈다.

"제임스 웹 우주 망원경을 쏘는 데 12조 원이 들었대요."

"쌤! 별 보러 왔는데 쌤이랑 다시 오고 싶어요!"

나의 답장은 늘 간결했다. "우와, 정말 멋진데?!" "고마워! 덕분

에 선생님도 재미난 사실을 알게 되었네!" 길게 대화를 이어가지 못한 이유는, 나의 우주는 이미 누적된 지식과 한계로 둘러싸여 있는 반면, 아이들의 우주는 끝없는 가능성과 호기심으로 가득 차 있기 때문이다. 나는 그들의 우주에 편견을 심지 않기 위해 조심스러웠다. 아이들의 우주는 언제나 새로움과 경이로움으로 넘쳐났다. 그런 설레는 우주를 만날 때마다 제자들은 내게 문자를 보낸 것이다.

세상에. '우주' 하면 떠오르는 사람이 나라니, 영광이다. 평생 별을 좋아하고 아이들을 사랑한 보람을 느낀다. 헤이즈를 보며 가을을 떠올리는 사람과 별을 보면 나를 떠올리는 아이들이 같은 우주에 산다. 그 우주엔 갈색 낙엽으로 물든 가을이 담겨 있고, 밤하늘의 별들은 끝없이 영롱하게 빛나고 있다. 그런 아름다운 우주 속에서 나를 기억해 주는 아이들에게 전하고 싶다.

"쌤은 천문학도 좋아하고 가을도 사랑하지만 너희가 제일이야. 너희들이 내 우주야."

정말이다. 아이들이 곧 우주다.

• 책에 사용된 이미지는 사용 허가를 득했거나 절차가 진행 중입니다.

일상의 모든 이유가 우주로 통하는 천문대장의 별별 기록

내 핑계는 천문학이야

초판 1쇄 인쇄 2025년 1월 10일
초판 1쇄 발행 2025년 1월 23일

지은이 조승현
펴낸이 이범상
펴낸곳 (주)비전비엔피·애플북스

책임편집 김혜경
기획편집 차재호 김승희 한윤지 박성아 신은정
디자인 김유진
마케팅 이성호 이병준 문세희 이유빈
전자책 김희정 안상희 김낙기
관리 이다정

주소 우) 04034 서울특별시 마포구 잔다리로7길 12 (서교동)
전화 02) 338-2411 | **팩스** 02) 338-2413
홈페이지 www.visionbp.co.kr
인스타그램 www.instagram.com/visionbnp
포스트 post.naver.com/visioncorea
이메일 visioncorea@naver.com
원고투고 editor@visionbp.co.kr

등록번호 제313-2007-000012호

ISBN 979-11-92641-64-5 (03810)